일개미 자서전

직딩들이여,
개미굴에서 안녕하신가?

구 달 글 · 임진아 그림

# 일개미 자서전

출근하자마자 퇴사하고픈 개미에게 바치는
유쾌 통쾌 짠내 폴폴 리얼 직장 생존기

# 85년생 일개미

일-개미[일 : --]「명사」『동물』
집을 짓거나 먹이를 날라 모으는 일을 하는 개미.
날개와 생식기능이 없다.

2008년 12월, 만 23세의 나이로 일개미 타이틀을 거머쥐었다.
어린 시절 남다른 재능이 발견되지 않았으며, 큰 말썽 없이 사
춘기를 넘겼고, 롤 모델 없이 성장한 덕분이다.

　　첫 번째 개미굴은 은둔형 대기업. 폐교를 사들여 사옥으로
쓰던 회사다. 7층 건물에 엘리베이터는 없었고 두 칸뿐인 화
장실은 수세식이었다. 중문학과 출신인 나는 구매팀으로 발령
이 났다. 아, 국내 업체하고만 거래해서 중국어를 구사한 적은
없다. 이곳에서는 딱 1년을 버텼는데 일개미가 숙지해야 할 원

칙과 미덕을 대부분 익힐 수 있었다.

두 번째 개미굴은 작은 출판사. 첫 월급으로 120만 원을 받았다. 사장이 유난히 야박해서가 아니라 그게 업계 평균이었다. 비록 박봉이긴 해도 돈과 여가를 맞바꾼 덕분에 저녁 있는 삶을 즐겼다. 여가를 누리려면 더 많은 돈이 필요하다는 사실을 깨닫기 전까지는. 얄팍한 월급봉투가 불만스러워졌다. 젊을 때 곳간에 쌀을 한 톨이라도 더 부지런히 옮겨놓고 싶었다. 왠지 그래야만 할 것 같았다. 스물세 번째 월급봉투를 받던 날, 사표를 냈다.

세 번째 개미굴을 팠다. 반민반관 성격의 대학출판부. 연봉이 1.5배 올랐고 정년이 보장되리라고 믿었다. 입사 동기가 부당해고를 당하기 전까지는 그랬다. 투쟁 조끼를 입고 띠를 두르고 피켓을 들었지만 끝끝내 요구 사항은 관철되지 않았다. 슬그머니 피켓을 내리고 2년을 더 눌러앉아 착실히 돈을 모았다.

네 번째 개미굴은 파다 말았다. 수도권에 자리한 종합 출판사로 역동적이고 발 빠르게 다양한 분야를 섭렵하는, 한마디로 '돈 되는 책'은 무엇이든 만드는 성과 지향적인 회사였다. 업무 사이클이 어찌나 빠르게 돌아가는지 손이 몸통을 따라잡지 못하는 형국이었다. 결국 적응에 실패하고 4개월 만에 도망 나왔다.

　일개미는 부지런히 일한다. 오만한 여왕개미와 거만한 알파수컷을 먹여 살리지 못하면 종족의 번영을 이룰 수 없다고 배운 까닭이다. 일개미의 하루는 짧다. 시간과 돈을 등가교환해야 먹고살 수 있어서다. 일개미의 일생은 주목받지 못한다. 날개와 생식기능이 없기 때문이다.

　이 땅의 2,500만 일개미 중에 혁신개미·부자개미·리더개미의 위치까지 올라선, 그러니까 날개와 생식기능 같은 금수저를 물고 태어나지 않았음에도 이름을 떨친 일개미는 소수에 불과하다. 개미사회를 거부하고 베짱이를 추종하는 괴짜개미도 드물다. 나를 포함한 보통의 일개미들은 그저 각자의 위치에서 이 사회의 조연, 대한민국의 단역을 떠맡는다. 인생의 주인공은 나지만 세상의 주인공은 언제나 나 아닌 다른 누구. 하루 여덟 시간의 노동, 결혼과 출산, 육아와 내 집 마련, 보험료 납부와 노후 대비……. 현대 인간에게 숙명처럼 주어진 의무를 수행하다 보면 일개미의 삶은 엇비슷해진다. 아니, 엇비슷해 보인다.

　하지만 퇴근 후 동료 일개미와 어울려 수다를 떨거나 SNS에 올라온 이웃 일개미의 하루를 엿볼 때를 생각해보자. 누구나 저마다의 사연과 에피소드를 줄줄이 쏟아낸다. 사회·정치·경제·국제 정세·문화 이슈에 대한 견해는 물론이고 그간 갈고닦은 처세술이나 연애 기술을 피력하기도 한다. 일개미라는 카테고리 안에, 실은 2,500만 가지 개성과 감수성이 얽히고설켜 있다. 하나하나 뜯어보노라면 흥미롭고 재기 넘치고 때로는 진지하다.

그러니 지금부터 나무랄 데 없이 평범하다는 점에서 특별한 일화를 조금씩 풀어볼까 한다. 지난 7년간 직장인으로 살아가며 겪은 소소한 이야깃거리다. 일개미 신분을 유지하기 위해 치렀던 보잘것없는 희생에 대한 하소연일 수도 있다. 일개미를 영웅화하려는 시도는 하지 않으련다. 전지적 일개미 시점도 지양할 것이다. 사람 인(人)에 사이 간(間) 자를 쓰는 인간이라서, 동료 일개미들은 어떤 사연으로 하루를 보내고 또 내일을 받아들이는지가 늘 궁금했다. 그래서 일단 나부터 먼저 도마 위에 올려놓은 것이다.

이 책이 독자 여러분에게 수요일 오후 3시에 휴게실에서 타 먹는 커피믹스 한 잔만큼의 위안거리가 되어주는 상상을 해본다. 물론, 커피믹스 값에 이 책을 팔지는 않을 거다.

# 1장

# 일개미로 태어난 날

"50년을 해봐라, 뭐든 맛있다."
─어느 떡볶이 가게 사장님이 밝힌 맛의 비결─

◇

# 태어나던 날
# 일개미로

일개미의 씨가 따로 있을쏘냐.

　나라고 일개미의 숙명을 타고난 건 아니다. 어린 시절 딱히 일개미로서의 자질이 엿보인 적도 없다. 일개미 탄생 설화에 걸맞을 에피소드라면 네 살 때부터 엄마를 도와 마늘을 깐 것, 초등학교 졸업식 날 개근상을 탄 것, 반장은커녕 돌아가면서 맡는 줄반장조차 하기 싫다고 읍소할 정도로 감투 공포증이 있었다는 것 정도일까. 하지만 지정학적으로는 제법 유리한 고지를 선점했다. 인구 천만에 빛나는 메가시티 서울의 북쪽 끝자락, 조국 민정수석이 18대 대통령 선거 당시 문재인 후보 찬조 연설을 통해 "대치동 어린이와 한 달 생활비가 열다섯 배 차이 난다"고 언급한 바 있는 강북의 평범한 서민 지역인 상계동에서 어린 시절을 보냈다.

부모의 재력도 타고난 재주도 다 고만고만한 또래 친구들과 어울리면서 딱히 근사한 미래를 상상할 만한 계기는 없었다. 친구들과 웃고 떠들고 텔레비전을 보는 것보다 재밌는 일은 없었으니까. 또 그렇다고 철없는 자녀의 진로를 미리 설계해둘 만큼 부유하고 극성맞은 가정에서 자란 것도 아니었으니까. 그저 개울물이 졸졸 흘러 바다에 이르듯, 씨앗이 싹을 틔우고 꽃을 피우듯 자연스레 중등 교육을 이수하고 선생님이 시키는 대로 수능 공부를 해서 받아 든 성적표에 맞춰 대학교에 진학했을 뿐이다.

스무 살이 되어서야 진로에 대한 고민이 피어나기 시작했다. 뭐, 그래봤자 아주 희미하게. 미래에 대한 막연한 불안감이 놀고먹기 바쁜 대학생의 즐거움을 억누를 만큼 클 수야 없었다. 그래도 남들처럼 어학연수도 다녀오고, 대기업 취업에 유리하다는 경영학을 복수 전공하고, 공무원 시험 볼 때 가산

점이 붙는다는 국가공인 자격증을 미리 따두기도 했다. 한마디로 진로에 대한 모든 결정을 유예한 채 마지막 학기를 맞이했는데, 희한하게 해야 할 일은 산더미처럼 많았다.

　우선 '취업뽀개기' 카페에 가입해 취업 정보를 입수한 뒤, 필수 스펙을 갖추어 입사지원서 양산에 돌입했다. 제조·금융·유통·요식·서비스업을 막론하고 닥치는 대로 100통 넘게 이력서를 뿌렸지만 대부분은 면접 문턱도 밟지 못했다. 간신히 면접 기회를 잡으면 백화점 세일 코너에서 10만 원 주고 산 검은색 투피스로 개성을 숨긴 채 달달 외워간 1분 자기소개를 읊었다. 면접에 떨어지면 싸구려 정장을 탓했다. 면접비로 받은 3만 원으로 친구들과 치킨을 뜯으며 미국발 서브프라

임 사태에서 비롯된 이 지긋지긋한 불경기를 탓했다. 하늘에도 가슴에도 구멍이 숭숭 난 듯 스미는 찬바람에 가슴이 오그라들 무렵, 지원서를 넣으면서 처음 이름을 들어본 석유화학 기업에 취직이 됐다.

엄마가 취업 축하 선물로 마련해준 값비싼 정장을 빼입고 본사 사무실로 첫 출근한 날은 인간 나이로 스물네 번째 생일을 치른 닷새 뒤였다.

# 과
# 대
# 포
# 장

단언컨대 취업의 모든 단계 가운데 자기소개서 쓰는 일이 최고로 싫다. 대관절 인사 담당자가 이걸 읽기나 할까 싶은 의혹을 억누를 수 없는 상황에서, 어쩌면 마법 같은 글재주를 부려 토익에서 깎아먹은 점수를 만회할 수 있지 않을까 하는 희망을 품고 필사적으로 키보드를 두드려 나란 상품을 그럴싸하게 포장하는 행위는 극심한 육체적·정신적 피로를 동반한다. 인생의 모든 경험을 끄집어내 침소봉대하고, 기업의 인재상에 꼭 들어맞도록 내 성격을 뜯어고치고, 기업 비전에 맞춰 가치

관을 재조립하는 작업은 여간 괴로운 게 아니다. 나의 비굴함에 치를 떨며 어차피 스펙으로 거를 거면서 이 귀찮은 요식행위를 요구하는 기업의 인사 정책에 저주를 퍼붓는다.

구직 활동 초창기만 하더라도 자소서 한 장을 쓰는 데 일주일씩 걸렸다. 취업 카페에서 '자소서 작성 꿀팁'을 출력해 형광펜으로 밑줄을 그어가며 숙독하고, 자소서 첨삭 게시판을 들락거리며 괜찮은 문장이나 표현을 골라 써먹고, 스터디에 나가 단 한마디라도 조언을 얻기 바빴다. 다행히 '서당 개 삼 년이면 풍월을 읊는다'는 옛말은 과장이 아니었다. 한두 달 새 하루에도 수십 통씩 지원서를 뿌리는 취업 강행군을 감행하다 보니, 어느덧 자소서 숙련공으로 거듭나게 된 것이다. 사실 나를 포장하기에 적당한 아이템을 골라 틀만 잘 짜놓으면, 업체 특성에 맞게 고치는 건 일도 아니었다.

나는 대학교 2학년 여름방학 때 아르바이트로 백화점 식품 매장에서 꼬마곰젤리를 팔았다. 번 돈으로는 MP3를 샀다.

이 단순하고 흔해빠진 경험에다가 솔솔 양념을 치면 된다. 만약 금융권이라면 내가 시식용 젤리를 얼마나 철저하게 관리했는지, 고로 나는 신뢰할 만한 인재임을 역설한다. 유통업체

라면 내가 아이들이 좋아하는 작은 소품을 준비해 동심을 공략함으로써 젊은 주부의 장바구니에 젤리를 담게 만들었다는, 즉 적극적인 마케팅 역량을 뽐낸다. 서비스업이라면 나의 붙임성 있는 성격과 살가운 미소가 잠재 고객에게 미친 긍정적인 영향을 소개하면 된다. 이런 식으로 지원서를 써대니 비굴함에 치를 떨 수밖에.

고된 취업 노동을 함께한 내 핑크색 노트북 취업 폴더에는 지금도 자소서 수백 개가 업종별로 완벽히 분류되어 있다.

◇

# 면접 보기

## 콧구멍으로

"아니, 이건 또 뭐야?"

직무적성검사, 심층 면접, 압박 면접, 토론, PT, 제2외국어 면접까지 웬만한 평가 절차는 혹독한 취업 스터디를 통해 완벽하게 대비했다고 생각했는데, 취업 산을 정복하려다 '관능 평가'라는 낯선 돌부리에 발이 걸릴 줄은 꿈에도 몰랐다.

토종 제빵 브랜드를 주력으로 아이스크림 가게, 커피 전문점, 떡집 등을 거느린 종합식품기업 A. 빵 덕후로서 제빵 산업의 전망을 긍정적으로 바라보고 있던 터라 채용 공고가 뜨자마자 공들여 지원서를 작성했다. 그리고 서류 합격의 간절한 바람을 담아 심사 기간 내내 A사가 운영하는 가게에서만 빵과 커피를 사 먹은 결과, 그간 승률이 2할에도 못 미쳤던 서류 전형에 가뿐히 통과했다. 자축의 의미로 A사가 운영하는 빵집으로 달려가 빵을 한아름 사 왔음은 물론이다. 그런데 소시지 빵을 입에 물고 A사 면접 후기를 검색하면서 충격적인 정보를 접했다. 1차 면접에서 심층 면접과 더불어 관능 평가, 즉 후각 테스트와 미각 테스트를 한다는 것이었다. 만성 비염으로 냄새를 잘 맡지 못하는 내게는 청천벽력과도 같은 소식. 아니, 내가 지원한 분야는 경영지원인데 도대체 콧구멍과 혓바닥을 평가할 이유가 어디 있단 말인가. 분당 타자 수나 시력을 체크한다면 또 모를까. 솔직히 말해 A사에서 만드는 빵 맛이 대단히 예리한 미각으로 음미해야 할 수준도 아니었다. 갑자기 열심히 우물거리던 소시지 빵이 더럽게 퍽퍽하고 맛없게 느껴졌다.

관능 평가에 대한 두려움은 눈덩이처럼 불어났다. 대비는커녕 어떤 식으로 진행될지 짐작조차 어려운 성질의 평가였기 때문이다. 한글과 영어 버전으로 각각 준비한 1분 자기소개를 달달 외우고, 예상 질문을 뽑아 답변을 미리 정리하고, 정장 투피스를 세탁소에 맡겨 말끔히 다려두는 것까지는 할 수 있지만 단기간에 나의 관능을 끌어올리는 일은 능력 밖의 문제였다.

지푸라기라도 잡는 심정으로 물에 소금을 살짝 타서 마셔본들 입맛만 버리는 헛수고. A사 공식 홈페이지 메뉴 안내를 클릭해 시나몬, 건포도, 오렌지, 연유 등등 재료를 파악한들 냄새까지 4D로 외울 수 없으니 또 헛수고. 결국 관능을 조금도 단련시키지 못한 채로 면접 날 아침이 밝았다.

필사적으로 콧구멍을 벌름대는 지원자들 틈에 섞여 아무리 마셔봐도 다 똑같은 맹물 여섯 잔을 염도가 낮은 순으로 분류하고, 솜에 밴 희미한 냄새의 정체가 뭔지 하나도 모르겠지만 여하튼 이름을 적고, 세 종류의 맹물을 맛본 다음 맛이 다른 하나를 억지로 골랐다. 엉성하게 작성한 답안지를 끌어안고 끙끙대다 마감 시간이 임박해 마지못해 제출했다. 둔한 세 치 혀를 놀리고 꽉 막힌 콧구멍을 벌름거리느라 그야말로 기진맥진. 더 기가 막히고 코가 막히는 사실은 관능 평가를 말아먹었다는 생각에 자신감이 위축되어 곧이어 치른 심층 면접도 망쳐버렸다는 거다.

관능 부족이 원인인지는 알 수 없으나 1차 면접에서 보기 좋게 미끄러졌다. 아마 관능 평가 점수 때문만은 아니었을 것이다. 심층 면접에서 좋은 인상을 심어주지 못했거나 애초에 서류 점수가 낮았을 공산이 크다. 샤머니즘을 살짝 섞자면 그저 A사와 나와의 인연이 딱 거기까지였을지도 모르겠다. 돌이켜 생각하면 A사가 사무직 신입 사원을 뽑으면서 굳이 예리한 미각을 타고난 인재를 원하지는 않았을 것 같다. 어쩌면 관능 평가란 절차는 자신들이 식품전문기업임을 강조하기 위한 일종의 홍보 수단이 아니었을까. 하지만 당시 나는 관능 평가라는 존재 자체를 어마무시하게 부풀려 내 인생의 발목을 낚아챈 원흉쯤으로 여기며 몇 날 며칠을 원통해했다.

낙방을 확인하던 날, 면접비 대신 받은 A사의 상품교환권으로 기름에 바싹 튀긴 설탕 범벅의 빵을 잔뜩 사서 혀가 마비될 때까지 먹어 치웠다.

◇

# 핸드백 속의 도넛

항공업체 B사의 지상직 서류 전형에 합격해 김포공항 근처로 면접을 보러 간 적이 있다. B사가 지원자의 외모와 인상을 중요시한다는 정보를 입수한 터라 전날 부랴부랴 백화점에 가서 화장품을 구입했다. 차분한 느낌을 자아낼 살구색 블러셔와 밝은 인상을 심어줄 화사한 펄 하이라이터. 그때까지 화장이라고는 눈썹을 그리고 립글로스 바르는 정도밖에 몰랐기 때문에 매장 직원에게 사용법을 배워와 저녁 내내 연습했다. 면접 당일 아침에는 머리에 실핀을 한 움큼 꽂고 스프레이로 고정해

올림머리를 완성하느라 시간을 꽤 투자했다. 듣기로는 숍에서 메이크업을 받고 면접에 임하는 지원자들도 제법 있었다. B사 지상직은 그만큼 구직자들 사이에서 인기가 높고 경쟁이 치열한, 일종의 격전지였다.

　면접장은 지원자들로 북적였다. B사가 서류 전형에서 꽤 많은 배수를 뽑는다는 건 알았지만 그 정도일 줄은 몰랐다. 한참을 기다리자 내 이름이 호명됐다. 1차 면접은 지원자 여덟 명 정도가 한꺼번에 들어가 짧은 토론을 벌인 뒤 한 명씩 질의응답에 응하는 형식이었던 것으로 기억한다. 시간제한이 있어 각자 돌아가면서 모두발언을 하고 나니 토론이 끝났다. 이어진 질의응답 시간에도 한두 가지 짧은 질문밖에 받지 못했다. 응? 고작 이 정도 정보로 지원자를 평가할 수 있다니, 대단하다고 해야 할지 대단히 어이없다고 해야 할지 어리둥절한 채 면접장을 나섰다.

　다음은 외국어 면접. 역시나 꽤 오랜 시간을 기다린 끝에 내 차례가 왔다. 중국어로 1분 자기소개를 하고, 중국 여행 경험과 취미 등을 묻는 간단한 질문에 답했다. 그걸로 끝이었다. 응? 구몬 중국어를 몇 달만 배워도 답할 수 있는 몇 마디를 주고받은 것으로 지원자의 외국어 역량을 꿰뚫어보다니, 굉장하다고 해야 할지 굉장히 불성실하다고 해야 할지 혼란스러워하며 면접장을 나왔다. 대기실은 여전히 지원자들로 북적였다. 저 많은 이들에게 토론을 시키고 질문을 던지고 외국어 실력을 뽐내게 만들려면 한 명, 한 명에게 투자하는 시간을 줄일 수밖에 없을 터였다. 딱 한 줌의 인재를 가려내기 위해 수많은 지원자를 당연하다는 듯 한꺼번에 불러들여 스스럼없이 그들의 소중한 시간을 빼앗는 B사의 행위에 불쾌함을 느낀 건 나뿐이었을까? 나만 잘하면 합격할 수 있다는 기대감을 품고 공들여 단장하고 성실히 준비해 서울의 서쪽 끝자락까지 달려온 지원자에 대한 배려나 감사의 마음은 면접 과정에 조금도 담겨 있지 않았다. 심지어 면접비조차 없었으니까.

대기실 한구석엔 간단한 마실 거리와 함께 쟁반 가득 도넛이 놓여 있었다. 지원자들을 위해 B사가 마련해둔 유일한 배려였지만, 긴장한 탓인지 이에 이물질이 낄까 걱정한 탓인지 지원자들은 도넛에 거의 손을 대지 않았다. 나 역시 마찬가지였다. 그러나 면접장을 나서기 전에 마음을 바꿔 가방 가득 도넛을 쑤셔 넣었다. 벽에 '마음껏 드세요'라는 문구가 붙어 있었으니 내 행위는 정당했다. 내가 들인 시간과 노력 그리고 화장품값과 왕복 차비를 도넛으로나마 보상받고 싶었던 모양이다.

면접에서는 역시 미끄러졌다. 솔직히 말해, 혹시 가방에 도넛을 쑤셔 넣는 장면을 들켜서 점수가 깎였나 싶은 생각이 제일 먼저 뇌리를 스쳤다.

# 맘
# 마
# 미
# 아

아주 가끔, 주로 여름철에 버스를 타면 라디오에서 아바의 '맘마미아'가 흘러나온다. 그럴 때면 창문을 살짝 열고 후텁지근한 바람을 맞으며 거리의 소음 섞인 노래를 듣는다. 익숙한 멜로디와 영어 가사를 흥얼거린다.

커다란 대강당 바닥에 쪼그려 앉아 이 유명한 팝송 가사를 죽자사자 외우던 내 모습이 떠오른다. 신입 사원 연수의 피날레를 장식하기 위해 강당 내부의 텁텁한 공기를 힘껏 들이마시며 우렁차게 합창 연습을 하던 어느 겨울의 나.

바야흐로 2008년 연말. 대전과 부산을 오가며 보름가량 신입 사원 연수를 받았다. 연수 프로그램이라야 별것 없었다. '공동체 훈련'이라 명명된 각종 게임을 통해 그룹사 동기 100여 명의 이름을 억지로 외우고, '선배와의 대화'를 빙자한 술자리에서 수직적 친목 쌓기에 적응했으며, '극기 훈련'이라는 명목하에 부산과 양산의 경계에 솟은 해발 801미터에 불과한 금정산을 아홉 시간씩 타는 정도였다. 이따금, 이를테면 우리를 공터로 데려가 둥글게 세워놓고는 앞사람이 뒷사람 무릎에 동시에 앉는 게임을 몇 시간씩 시키며 서로를 믿으라고 다그칠 때는 짜증이 솟구쳤다. 그래도 참을 만했다. 연수는 고작 보름이면 끝날 터였고 그다음엔 서울 본사로 올라가 사령장을 받고 프로 직장인으로 거듭나게 될 테니까. 게다가 회사 로고가 새겨진 점퍼를 걸치고 동기들과 어울린다는 사실은 살짝 거북한 동시에 은근히 만족스러웠다. 회사가 신입 사원에게 그토록 주입하고자 애쓴 소속감은 체계적인 연수 프로그램이 아니라 단체복과 ID 카드 목걸이를 통해 훨씬 효과적으로 우리를 장악했다.

신입 사원 연수의 하이라이트는 마지막 날로 예정된 팀별 퍼포먼스 발표였다. 본사 임원진들이 맨 앞줄에 도열한 가운데 신입 사원들이 무대에 올라 연극, 팬터마임, 춤, 난타, 합창

등 팀별로 준비한 퍼포먼스를 펼치는 일종의 재롱잔치. 이 무대를 준비하기 위해 연수 첫날 일찌감치 팀을 나누었다. 나는 합창팀을 선택했다. 노래에 자신 있어서가 아니라 목을 쓰면 몸을 쓰지 않아도 될 것 같다는 약삭빠른 계산이었다. 예상대로 몸은 편했으나 그 대신 예상치 못한 난관에 부딪혔으니, 팝송인 '맘마미아'가 합창곡으로 결정됨에 따라 생소한 영어 가사를 달달 외워야 했던 것이다.

무슨 수를 써서든 가사를 빨리 외워야 화음을 얹는 연습을 할 수 있는 상황이어서 가사를 음미할 새 없이 그저 발음만 달달 외웠다. "아 빈 치딧 바이 유 신-사 돈 노 웬"이 웬 말인가. 맥락 없이 분절된 영어 단어들은 입안에서 자꾸 엉켰다. 나는 왜 이딴 팝송 가사를 영혼 없이 꾸역꾸역 주워 삼키고 있을까. 합창 뭘까, 아바 뭘까, 인생 뭘까…… 이런 회의감이 고개를 쳐들 무렵 새로운 미션이 주어졌다. 마지막 후렴구를 애사심을 고취하는 동시에 무리의 결속을 다지는 내용으로 개사해 부르라는 주문이었다.

똑같은 점퍼를 입은 성인 열댓 명이 둥글게 원을 그리고 앉아 머리를 맞대고 집단지성을 모았다. 처음에는 가볍게 입을 풀기 위해 농담조로 찬양의 표현들을 마구 쏟아냈다. 우리 회사가 대한민국 최고라는 둥, 아니 우주 최고라는 둥, 회사를 향한 우리 마음은 특급 사랑이라는 둥. 한 마디씩 돌아가며 내 뱉을 때마다 낄낄거리던 우리는 이내 관객석 맨 앞에 도열할 임원진들엔 이 노골적인 표현 뒤에 숨은 조롱을 간파할 감수성이 없으리라는 결론에 도달했다. 유치찬란한 단어를 이어붙인 가사가 순식간에 완성되었다. 똑같은 점퍼를 걸친 성인 열댓 명은 완성된 가사를 직접 불러보면서 깔깔 웃으며 대강당 바닥을 데굴데굴 굴렀다.

희한하게 그때 만들어 불렀던 한글 후렴구는 새카맣게 잊었다. 아주 기가 막힌 가사였는데. 대신 의미도 모른 채 달달 외웠던 영어 가사는 아직도 입에서 줄줄 나온다. 버스 안에 울려 퍼지는 '맘마미아'를 입술을 달싹거리며 따라 부를 때마다 나는 암기와 세뇌의 힘을 실감한다.

서울로 올라와 프로 노예, 아니 프로 직장인 생활을 시작한 이후 사무실에서 '맘마미아' 가사를 몰래 찾아 읽었다. 단순한 사랑 노래일 줄 알았던 가사가 묘하게 내 마음을 후벼 팠다.

Mamma mia, here I go again.
맘마미아, 또 시작이네요.
Ma my, how can I resist you?
아아, 내가 어떻게 당신을 거부할 수 있겠어요?

## 양념갈비를 굽다가

배구는 가을·겨울 시즌을 뜨겁게 달구는 멋진 스포츠임이 분명하지만, 개인적인 사정으로 나는 배구를 무진장 싫어한다. 프로 여자 배구팀을 보유한 회사에 입사해 경기장으로 짐짝처럼 실려 다니며 응원을 강요당한 경험 때문이다. 처음 한두 번은 즐거웠다. 우아하게 날아올라 온 힘을 다해 공을 내리꽂는 강스파이크, 펄쩍 뛰어올라 상대가 던진 회심의 일격을 맞받아치는 파워 블로킹, 파이팅 넘치는 선수들의 기합은 사무실 맹꽁이의 답답한 속을 확 풀어주었으니까. 하지만 세 번째부터는 이건 아니지 싶었다. 인천, 수원, 대전 등에서 열리는 경기에 차출되어 때로는 주말까지 반납하는 상황이 벌어졌던 것이다.

예컨대 이런 식이다. 인천에서 경기가 열리는 날이면 경기 시작 30분 전까지 계양체육관 입구에 집결한다. 집에서 출발해 지하철과 버스를 다섯 번씩 갈아타고 경기장에 도착하는 데만 꼬박 두 시간이 걸렸다. 배구 팬에게도 왕복 네 시간을 들여 경기를 관람하는 일이 쉽지 않을 것 같은데, 하물며 원치 않는 경기를 보러 가는 입장에서는 아주 넌더리가 나는 여정이었다. 프로야구 팬인데도 멀다는 이유로 문학구장도 안 가본 사람에게는 더더욱 말이다. 그래도 인천은 차라리 나았다. 수원이나 대전에서 경기가 열리면 버스를 대절해 이동했는데, 가는 내내 박스째 실은 맥주를 억지로 마셔야 하는 데다 운이 없으면 옆자리 상사의 포로가 되어 끝 모르는 수다를 받아줘야 했다. 경기가 끝나면 뒤풀이를 한답시고 우르르 식당으로 몰려가서 고기를 굽고 소주를 진탕 퍼마시는 것으로 마무리. 주말마다 이 과정을 대여섯 번쯤 반복하면 배구의 비읍만 들어도 이를 부득부득 갈게 된다.

하루는 대전이었나 수원이었나, 아무튼 지방 경기에 차출

되어 배구 경기를 관람했다. 초반부터 팽팽한 접전이 이어져 너무 짜증이 났다. 경기가 치열할수록 귀가 시계는 느려진다. 우리 팀이든 저쪽 팀이든 3 대 0으로 화끈하게 이기면 좋으련만. 그러나 그날 경기는 5세트를 꽉꽉 채우고야 끝났다.

　경기장을 나와 근처 고깃집으로 이동해 뒤풀이 2차전을 치렀다. 불판을 끊임없이 갈고 소주잔을 돌리는 와중에, 김연경 선수가 이 식당에 와 있다는 소문이 흘러들었다. 지금은 중국 리그에서 활약하고 있는 배구 여제 김연경은 당시에도 국내 리그를 호령하는 대단한 선수였다. 나 또한 그간 쌓은 경기 관람 짬밥으로 김연경 선수의 명성과 경기력을 익히 알고 있었다. 하지만 당시로서는 김연경 선수가 코앞에 있든 말든 알 바가 아니었다. 그 순간 내 관심사는 오로지 하나. 앞에 앉은 과장 배가 다 찼나 덜 찼나. 그뿐이었다. 이 인간이 고기를 한 판 더 구워 먹자고 하면 귀가 시계가 더 느려진다. 그러니 열심히 고기를 구워서 부지런히 과장을 먹이는 것이 무엇보다 중요했다.

　그런데 눈치 없는 과장이 얌전히 고기나 먹을 것이지 히죽히죽 웃으며 내 옆구리를 쿡쿡 찔러댔다. 김연경 선수에게 사인을 받으라는 것이었다. 저렇게 유명한 선수를 가까이에서 만날 기회는 흔치 않다면서. 펜도 종이도 없는걸요, 하고 입에서 나오는 대로 대답했더니 식탁에 깔아둔 위생종이를 가리켰다. 펜은 카운터에서 빌리라는 친절한 조언과 함께. 과장의 재촉이 진심인지 농담인지 파악할 수 없어 혼란스러웠다. 그사이 식탁에 앉은 선배들까지 합세해 내 옆구리를 찔러대기 시작했다. 결국 나는 위생종이를 움켜쥐고 일어나 카운터에서 펜을 빌려 김연경 선수에게 다가갔다. 그리고 쭈뼛거리며 말했다.

"저, 죄송한데 사인 좀…… 근데 종이가 이것뿐이라……."

김연경 선수는 위대한 선수답게 불쾌한 기색 없이 흔쾌히 위생종이 위에 사인을 해주었다. 위생종이를 꼭 쥐고 얼굴이 새빨개진 채 자리로 돌아갔다. 과장 놈과 선배들은 위생종이를 돌려 보고는 잘 간직하라며 낄낄댔다.

집으로 돌아와 사인을 북북 찢어 쓰레기통에 버렸다. 사실 찢어버리고 싶은 건 "저, 죄송한데 사인 좀……"이라고 말하던 나 자신이었는데.

김연경 선수에게 원치 않는 사인을 받았던 경험은 "그러고 싶지 않습니다"라는 한마디가 목구멍 밖으로 튀어나오지 않아 떠안아야 했던 수많은 부조리한 일들 가운데 단연코 최악이었다.

○

## 출근길 너무 급했던

**#OOTD**

인터넷 기사로 우리나라 직장인의 평균 통근 시간이 58분이라는 통계를 접했다. 정말인가 싶어 그동안 내가 다녔던 회사 네 곳의 평균 통근 시간을 계산해봤다. 결과는 딱 60분. 과연 평균치와 거의 일치했다. 나뿐 아니라 대다수 직장인이 하루 여덟 시간 근무를 위해 매일 왕복 두 시간을 길 위에서 허비하고 있다. 통근 시간이 실제 근무시간의 무려 4분의 1이라니, 세상 부조리한 상황이 아닐 수 없다. 하지만 간단한 나눗셈을 통해 금방 깨달을 수 있는 이 부조리를 직장인들은 당연하게 받아들인다. 특히 지금과 같은 취업 절벽 시대에는 더더욱 그렇다. 일자리를 구할 수만 있다면 매일 두 시간을 도로 위에 갖다 바치는 것쯤은 문제 되지 않는 것이다. 나 역시 서울에서 일산까지 왕복 72킬로미터가 넘는 거리를 매일 세 시간씩 오간 적이 있다.

하지만 서울에서 일산까지 지하철로 장장 스물네 정거장을 실려 가는 동안에는 통근 시간이 아깝네, 부조리하네 따위 불손한 생각을 거의 하지 않았다. 그저 눈알을 좌우로 열심히 굴려 빈자리를 찾기 바빴다. 운 좋게 엉덩이를 붙이면 정신없이 잠의 나락에 빠져들었다. 그때 어렴풋이 깨달았다. 수면 부족은 밥벌이가 왜 고단한가에 대한 합리적인 의심을 줄여주는 장치라고. 그래서 전기가 발명되어 밤을 대낮처럼 훤히 밝힐 수 있는 세상에서도 다들 새벽같이 일어나 졸린 눈을 비비며 출근하는 거라고.


첫 직장의 출근 시간은 오전 8시였다. 그렇다면 근로기준법에 따라 퇴근 시간은 오후 5시여야 마땅한데, 5시가 넘어도 누구 하나 엉덩이를 떼지 않았다. 입사 첫날 옆자리 선배에게 "5시 넘었는데 퇴근 안 하세요?"라고 묻자 선배는 "퇴근?" 하고 반문하며 묘한 웃음을 흘렸다. 시간이 흘러 6시 10분이 돼서야 용감한 한두 명이 슬금슬금 몸을 일으켰다. 곰곰이 따져 보면 사뭇 부조리한 풍경이다. 그들은 한 시간 10분을 더 일했음에도 상사의 눈치를 보며 '칼퇴'했다. 다음 날 아침에는 다른 의미에서 부조리한 풍경을 목도했다. 8시 직전에 아슬아슬 출근하는 사람들이 머리를 조아리며 후다닥 자리로 뛰어드는 모습이었다. 지각하지 않았는데 늦었다고 믿고, 시간외근무를 하고서도 일찍 퇴근한다며 기뻐하는 사람들. 물론 머지않아 나 역시 그 부조리한 상황극의 무대에 올라 누구보다 열심히 연기하는 배우가 되었다.

정확하게 말하자면 첫 직장의 출근 시간은 오전 7시 40분이었다. 지각해서 욕먹을까 봐 전전긍긍하기도 싫었고, 일찍 출근해야 성실한 직원이라는 이미지를 구축할 수 있었기 때문이다. 퇴근 시간은 오후 6시 40분이었다. 우리 부서에서 제일 높은 양반인 오 부장이 퇴근하거나 저녁을 먹으러 나가는 시간이 6시 30분경이었기 때문이다. 결과적으로 칼퇴근하는 날조차도 근로계약서에 서명한 것보다 두 시간 남짓을 더 일했다. 결코 자발적인 선택은 아니었다. 일찍 일어나는 새가 벌레를 잡아먹는다는 사회적 통념, 그리고 부지런함이 신입 사원의 덕목이라는 무언의 압박을 이기지 못한 결과였을 뿐이다. 어쩌면 누군가의 눈에는 그리 부조리한 일도 아닐 터였다. 고작 20분 일찍 출근하는 게 뭐 그리 어려운가. 청년 실업이 몇 십만인데. 저녁 7시 전에 퇴근하는 정도면 나름 선방이지 않은가, 야간이 주간화된 시대에. 하지만 포괄임금제에 묶여 시간외근무를 해도 1원 한 푼 받지 못하는 상황에서 신성한 노동이라는 제단에 매일 두 시간을 제물로 바치는 꼴이 내 눈에는 아무래도 이상했다. 여기에 통근 시간까지 더하면 무려 네 시간을 매일매일 잃는 셈이었으니 말이다.

6시 40분에 '칼퇴'해 집에 도착하면 대략 7시 반. 씻고 저녁을 먹고 상을 치우면 밤 9시, 가족끼리 둘러앉아 뉴스를 보면서 이야기를 잠깐 나누면 금방 10시다. 하루 여덟 시간의 숙면을 취하기 위해서는 곧장 침대로 직행해야 할 시간. 그러나 먹고 일하고 자기만 하면 왠지 억울하니까 내려앉는 눈꺼풀을 억지로 치켜뜨며 버틴다. 한두 시간쯤 집 안을 어슬렁거리지만 피곤한 육신을 이끌고 할 수 있는 일이라야 인터넷 기사 훑기나 드라마 시청 정도다. 잠을 포기하고 얻은 귀한 한두 시간을 투자해 외국어를 배우거나 운동에 매진하는 사람이 있다면 나는 그가 가없어 눈물을 흘릴지 모른다. 이것이 이른바 '저녁 있는 삶'의 실체다. 근로기준법이 준수되지 않는 현실, 집값 상승 때문에 도심 외곽으로 내몰려 기나긴 통근 시간을 감수하는 현실을 외면한 채 운운하는 '저녁 있는 삶'은 헛

된 구호일 뿐이다.

어느 겨울날, 전기장판과 한 몸이 되어 침을 좔좔 흘리며 늦잠을 자버렸다. 눈을 번쩍 뜨자마자 부리나케 고양이 세수만 하고 전날 벗어둔 옷을 그대로 입은 다음 전날 밤 돌돌 말아 던져둔 회색 목도리를 목에 걸치고 현관문을 나섰다. 서두르지 않으면 지하철을 놓칠 테고 그러면 지각을 피할 수 없었다. 고작 5분 지각에 대역죄라도 지은 양 부장한테 머리를 조아릴 생각에 소름이 끼쳤다. 게다가 지각 벌점을 면하려면 연차에서 한 시간을 까서 벌충해야 한다. 아아, 내 피 같은 연차. 왜 하필 우리 집은 15층이고 엘리베이터는 1층에 있는지. 초조한 몇 초가 흘러 마침내 입을 벌린 엘리베이터에 냅다 올라타 시간을 확인했다. 다행히 지하철역까지 전력으로 내달리는 승부수를 띄운다면 지각을 면할 수 있을 것 같았다. 칼바람을 뚫고 힘껏 내달리기 위해 목도리를 단단히 여몄다. 그런데, 뭔가 이상했다. 왜 목도리 끝이 양 갈래로 갈라져 있을까? 당황해서 자세히 살펴보니, 목에 둘린 것의 정체는 목도리가 아니라 전날 신었던 회색 니트 스타킹이었다. 어찌나 황당하던지. 다시 15층으로 되돌아가기엔 늦었고, 그날은 최강 한파가 몰아친다고 예보된 겨울 아침이고. 진퇴양난에 빠진 나는 스타킹을 들어 쿵쿵 냄새를 맡아본 뒤, 혹시 솜씨 좋게 처리하면 남들도 목도리로 착각하지 않을까 싶은 마음에 스타킹을 돌려 묶은 다음 코트 안으로 발 부분을 집어넣었다. 티가 나는 것도 같고 나지 않는 것도 같았다. 그 순간 엘리베이터 문이 열렸다. 그다음은 기억이 나지 않는다. 나는 목도리를 벗어 던졌던가, 아니면 그대로 냅다 달리기 시작했던가.

출퇴근 시간과 한 인간의 품위는 이토록 긴밀히 연결되어 있다.

커피믹스에
익사한 밤

우리나라 최대의 공업 도시 울산. 단 한 차례, 1박 2일 동안 머물렀던 이 도시를 떠올리면 속이 울렁거린다. 그때 마신 커피믹스 여섯 잔 때문에.

석유화학기업 입사 6개월 차에 출장 명령이 떨어졌다. 내가 담당하는 울산 공장의 현장 조사를 위해서였다. 며칠 전부터 착실히 준비한 서류를 옆구리에 끼고 이른 아침에 슈트 차림으로 김포공항 로비에서 국내선 비행기를 기다리는 일은 뭐

랄까. 허리를 꼿꼿이 세운 채 한쪽 다리를 꼬고 앉아 커피를 홀짝이게 만들었다. 불과 몇 개월 전만 해도 번번이 취업 문턱에서 고배를 마시고 울며불며 이력서를 뿌려대던 내가 어느덧 어엿한 직장인이 되어 비행기를 타고 출장을 간다니. 녀석, 이제 진짜 어른이네. 커피 두 잔을 테이크아웃해서 한 잔은 선배를 위해 남겨두고 한 잔을 홀짝이며 이런 얄팍한 감상에 젖었다. 출장길에 동행하게 된 선배는 커피가 차갑게 식어버린 뒤에야, 비행기 시간에 아슬아슬 맞춰 넥타이도 매지 않은 차림으로 헐레벌떡 뛰어왔다.

시커멓고 거대한 건물, 요란한 기계음, 코끝을 찌르는 화학약품 냄새, 숨을 거칠게 내쉬게 만드는 짙은 수증기, 바닥을 흐르는 검은 물. 기름때 묻은 작업복을 걸친 거친 직원들. 그 틈에서 남색 슈트에 하얀색 리본 블라우스를 입고 구두에 검은 물이 묻을까 조심조심 걷는 내 모습은 옥의 티, 틀린 그림 찾기, 월리를 찾아라, 새 발의 피, 따로국밥 같았다. 현장과 나는 겉돌았다. 수치와 값, 도면으로만 기억하는 거대한 기계가 실제로 위잉위잉 돌아가는 현장은 매끄러운 종이 위에서와 달리 시끄럽고 먼지가 폴폴 날렸다. 시끄럽고 먼지가 폴폴 날리는 현장에서 기계를 실제로 조작하는 직원들이 걸어온 전화. 그들의 목소리가 이 소음을 꿰뚫기 위해 그토록 거칠고 우렁찼다는 사실을 그제야 깨달았다. 그것도 모르고 나는 현장에서 걸려오는 전화를 벌벌 떨면서 받았다. 쩌렁쩌렁한 목소리로 전하는 그들의 애로 사항이 마치 협박처럼 들렸기 때문이다.

일곱 군데 공장의 현장 시찰을 마칠 때마다 사무실로 자리를 옮겨 담당자들과 짧은 면담을 했다. 그때마다 나이 지긋한 현장 직원이 쟁반에 받쳐 권하는 종이컵에 탄 커피믹스를 차마 거절하지 못해 넙죽넙죽 받아 마셨다. "이미 마셨습니다"라는 말이 목구멍에서만 맴돌고 도무지 입 밖으로 내뱉어지지가 않았다. 한 잔, 두 잔, 세 잔…… 여섯 잔. 현장 조사를 모두 끝마칠 즈음에는 누가 툭 치면 갈색 물을 죽 하고 토해낼 지경이었다. 이어진 회식에서 먹은 우럭 회에서도 커피믹스 맛이 났다.

회식이 끝난 늦은 밤, 선배는 내게 근처 비즈니스호텔 방을 잡아주고 본인은 출장비를 아낀다며 여인숙으로 갔다. 프런트에서 키를 받아 쥐고 관처럼 생긴 좁다란 엘리베이터를 타고 올라가 방문을 열었다. 녀석, 이제 진짜 어른이네, 운운하는 허튼 감상에 빠지기에는 머쓱한 꾀죄죄한 방이었다. 가구라고는 침대와 텔레비전, 작은 협탁 하나가 전부였고 방 안에는 희미한 곰팡내가 났다. 환기를 시키기 위해 창문을 조금 열었다. 검은 어둠 속으로 얼핏 거대한 공장 실루엣이 보이는 듯했다.

양치를 두 번 하고도 입안에 커피가 고여 있는 기분으로 침대에 누워 눅눅한 이불을 머리끝까지 끌어당겼다. 몸은 녹진녹진한데 잠을 이룰 수가 없었다. 커피믹스 여섯 잔 분량의 카페인 때문에. 눈을 감으면 귓속에서 기계 돌아가는 소리가 윙윙 울렸다. 현장 직원들이 나와 선배를 붙잡고 속사포처럼 쏟아내던 말들이 머릿속을 윙윙 돌았다. 기어펌프니 베어링이니 하는 기계 부품들이 감은 눈앞에서 뱅글뱅글 돌았다. 기계 부품이 나인지 내가 기계 부품인지 알 수 없는 무아의 경지에 이르려 할 때마다 카페인이 신경을 건드려 잠에서 깼다. 어쩌자고 커피 한 잔 숨씨 좋게 거절하지 못하고 여섯 잔을 무식하게 다 받아 마셨을까. 커피 한 잔을 거절하는 방법도 모르는 내가 어른은 무슨 어른인가. 취업준비생 시절 그토록 꿈꾸던 직장인의 모습이 고작 이거였나. 카페인 탓에 벌벌 떨리는 손으로 울렁이는 위장을 연신 문지르며 꼬리에 꼬리를 무는 질문에 시달렸던, 오래도록 잊지 못할 울산에서의 눈뜬 밤.

**욕권하는 사회**

오랜만에 메일함을 정리하다 제목 없는 메일 한 통을 발견했다. 수신일은 8년 전, 보낸 이는 바로 나. 주소를 보니 첫 직장 메일 계정이다. 궁금한 마음에 클릭해보았다. 메일 내용은 없고 '시바짱나.hwp'라는 이름의 파일이 덜렁 첨부되어 있었다. 그제야 기억이 났다. '시바짱나'는 8년 전 연말에 제출했던 사업계획안 초안이었다. 마감을 맞추려면 주말에도 문서 작업을 해야 했기에 개인 메일 계정으로 관련 자료를 보내뒀던 모양이다. 글을 다루는 직업을 가진 사람으로서 할 말은 아니지만,

나는 원체 비속어와 은어를 즐겨 쓴다. 그래도 그렇지, 얼마나 하기 싫었으면 스물다섯이나 먹은 내가 욕설 제목을 붙인 파일을 스스로에게 보냈던 걸까. 우습다가, 가엾다가, 더 심한 욕지거리가 튀어나왔던 기억이 떠올랐다.

미리 변명하자면 그날은 유난히 기분이 언짢았다. 과도한 업무량과 마초적인 분위기로 기피 대상 1호인 A팀에서 일하던 입사 동기가 4개월 만에 짐을 꾸린 날이었기 때문이다. 동기 몇 명이 모여 조촐하게 점심을 함께하고, 회사 앞까지 배웅을 나가 동기의 어깨를 어루만지는 것으로 작별 인사를 대신했다. 누군가가 견디지 못한 장소에 남는다는 것, 앞으로 숱하게 경험할 터인 그 순간의 복잡한 마음은 수많은 상념을 안겨주었다.

사무실로 돌아가 자리에 앉기 무섭게 A팀 차장이 나를 찾았다. 얼굴이 벌건, 이른바 술톤 피부의 아저씨들이 모여 담배를 뻑뻑 피워대는 회의실에서 그는 다짜고짜 내가 A팀으로 발령이 났다 말했다. 그러니까 내 동기가 조금 전 울며 뛰쳐나간 자리에 다음 날 아침부터 냉큼 앉으라는 소리다. 욕설과 고성이 난무하는 무법천지 A팀 구멍을 메우기 위한 땜빵으로 내가 선택된 셈이다. 노예를 주고받듯 팀장끼리 합의를 마치고

서는 당사자인 내게 이런 개떡 같은 타이밍에 일방적으로 통보하다니. 화가 치밀었다.

"가기 싫습니다."

"싫어도 별수 없어요. 여긴 회사니까."

"그럼 절 왜 부르셨어요? 뜻대로 하시죠."

"허!"

무례한 말을 내뱉고는 자리로 돌아왔지만 분이 삭지 않았다. 급작스레 다른 팀으로 옮기게 된 것도, 대체품 취급을 당한 것도 기가 막혔다. 때마침 기막힌 타이밍으로 전화벨이 울렸다. 약간 떨리는 목소리로 전화를 받았더니, 하필 언행이 불손하기로 악명이 자자한 거래처 직원이었다. 날 선 말투로 내 말을 툭툭 끊으며 본인의 잘못을 내 탓으로 뒤집어씌우기 위한 변명을 마구 퍼붓는데, 이성을 잃은 나머지 그만 속엣말이 입 밖으로 새어 나오고 말았다.

"식빵. 진짜."

원래 마음의 소리였던 고로 아주 미약한 데시벨로 튀어나온 말이었지만, 하필이면 귀가 무진장 밝았던 수화기 너머의 사람은 길길이 날뛰기 시작했다.

"지금 뭐라고 했어요? 나한테 욕한 거예요?"

순식간에 정신을 차린 나는 기함을 토했다. 내가 지금 무슨 짓을 한 거지. 업체 사람에게 욕이라니, 그것도 쌍욕이라니! 이건 발각 시 시말서는 물론이고 사대문 앞에 벌거벗겨진 채로 서 있는 수준의 조롱을 면치 못할 뿐 아니라 일단 내가 그런 양아치 짓을 했다는 걸 나부터가 필사적으로 부정하고 싶었다. 나는 즉시 가냘픈 목소리로 "네? 욕이라뇨? 그게 무슨 말씀이세요!"라며 모르쇠로 일관했고 내가 워낙 완고하게 항변하는 데다 거래처 직원이 대놓고 욕을 했으리라고는 도무지 믿을 수가 없었던 피해자가 자신의 귀를 의심한 덕분에 간신히 위기를 모면했다. 지금 생각해도 아찔하다. 나처럼 지극히 상식적이고 온순한 사람이 그런 실수를 저지르다니. 욕 권하는 이 사회를 탓할 수밖에.

◇

# 지옥불

주호민 작가의 웹툰 〈신과 함께〉를 보면, 과로와 음주로 사망에 이른 주인공 김자홍이 납품 단가를 후려쳐 하청업체의 고혈을 쥐어짜낸 일을 지옥에서 추궁당하는 장면이 나온다. 이 부분을 읽을 때 나는 감히 찍소리도 낼 수 없었다. 석유화학 기업에 입사해 공장의 유지보수 자재 구매를 담당했던 경력 때문이다. 무던히도 착하게 살았건만 회사에서 맡은 바 소임을 다했다는 이유로 저승사자가 지옥행 티켓을 쥐여주면 어쩌지. 그 회사에서 일한 건 달랑 1년인데, 저승의 시간은 억천만 겁 아닌가.

당시의 업무 사이클은 한 달 주기로 돌았다. 월초가 되면 울산, 부산, 개성 등에 위치한 공장 여섯 군데에서 구매 요청 목록이 올라온다. 그럼 나는 서울 사무실에 앉아 서류를 들여다보며 수량과 항목이 적절한지 체크한다. 별 이상 없으면 산업혁명 시기에나 썼을 법한, 요란한 굉음을 내는 시커먼 기계로 발주서를 뽑아 업체에 뿌린다. 품목별로 견적서가 들어오면 가장 낮은 가격을 적어낸 업체를 추린다. 종전가보다 높은 가격을 적어낸 업체에는 전화를 넣어 '네고'라는 이름의 조르기에 들어간다. 지난 출장에서 우리 회사에 비하면 영세하기 짝이 없다는 걸 두 눈으로 직접 확인한 곳들이다. 업체 사장님이 하소연을 한다. 나도 질세라 일개 담당자가 무슨 힘이 있겠냐며 하소연을 한다. 사장님이 그 가격에는 도저히 못 맞춘다고 버틴다. 나도 그 가격에는 도저히 못 사준다고 버틴다. 업체와의 통화에는 종종 침묵이 흐르곤 했다. 나는 신입이었고, 구매 업무에 무지했으며, 원자재 가격이니 환율 변동이니 하는 기초 지식도 전혀 없었다. 따라서 나의 네고에는 아무런 논리도 없었다. 그러니 침묵.

"……그래서, 안 맞춰주실 건가요?"

이 업체와의 조정에 실패하면 저 업체에 전화를 넣는다. 애원과 막무가내를 적절히 섞어 결재에 필요한 적정가를 어떻게든 맞춘다. 이렇게 매달 업체를 일일이 압박해서 비용 절감을 하느니 차라리 나를 자르고 내 연봉을 아끼는 편이 낫지 않겠냐고 반문하고 싶다. 한데 누구 멱살을 잡고 이 기똥찬 아이디어를 전한담? 그 전에 이놈의 회사에 지원서 쓴답시고 키보드를 두드린 열 손가락부터 와그작 깨물어줘야지. 이런 소리 없는 아우성이 가슴을 두드리는 와중에도 여기서 한 푼, 저기서 두 푼씩 깎아 수십 수백 가지 항목의 물품 가격을 확정 짓고, 결재를 받아 납품을 완료한다. 그러면 또다시 줄줄이 올라오는 다음 달 구매 목록들.

지긋지긋했다. 일단 업무량이 일개 신입 사원이 떠안기에는 해도 너무하게 많았다. 매일같이 야근 파티를 벌여도 일정은 조금씩 뒤로 밀렸고, 현장에서는 하루가 멀다 하고 전화를 걸어와 계산기 두들기다가 공장 세울 셈이냐고 나를 윽박질렀다. 게다가 어쩐지 내 소임이 우리 회사의 비용 부담을 영세 업체에 전가하는 행위로 여겨져 죄책감이 드는 데다, 이렇게 무식한 방법으로밖에 일을 처리하지 못한다는 자괴감에, 주인 의식 따위는 개나 줘버린 패기 없는 사원이라는 셀프 낙인까지 찍어버리고 나니, 폭발이 임박했다.

발산할 길 없는 스트레스는 내 몸을 안쪽에서부터 와드득 집어삼켰다. 잠을 설치고 입맛을 잃고 말수가 줄고 마침내 표정이 사라졌지만, 그걸 들키기엔 사무실 공기는 각박했고 가족과 친구들에겐 각자의 삶이 있었다. 제아무리 천성이 유순한 나라지만 슬슬 화가 치밀었다. 직원을 뽑았으면 잘 가르쳐서 써먹을 것이지 이렇게 냅다 일부터 던져주면 어쩌라고. 제도권도 그렇지, 신물 나게 야근해야 겨우 돌아가는 게 건강한 사회냐. 조물주는 또 어떻고. 이승이 생겨먹은 대로 살 뿐인 가련한 일개미한테 어쩌자고 죄책감까지 심어주었느냔 말이다.

이대로라면 아나키스트라도 되었을 법하지만, 본디 스케일이 작은 인간인 나는 속으로 삭이던 분을 소소한 반항으로 표출하는 것으로 만족했다. 예를 들면 차장에게 결재를 받으러 가서는 짝다리를 짚고 삐딱하게 섰다. 차장이 기도 안 찬다는 듯이 "나한테 불만 있어요?" 물으면 "아니요" 하고 대답하고는 눈을 똥그랗게 떴다. 단, 상무 앞에서는 여전히 공손했다. 가끔 깜박 잊은 양 슬리퍼를 신고 가 결재를 받기는 했지만. 한잔하자는 사수의 제안에 "싫습니다"라고 크게 외친 다음 내빼거나, 투피스 안에 블라우스 대신 캐릭터 티셔츠를 받쳐 입거나, 이어폰을 꽂고 에미넴을 들으며 두 귀를 막는 등 소심하기 짝이 없는 반항들이 이어졌다. 이런 자잘한 분풀이는 당연히 어떤 개선이나 전복도 가져오지 못했다. 눈뜨면 어제가 내일이고 오늘이 글피 같은 서글픈 일상이 반복될 뿐이었고 내 반항은 하나같이 나의 평판만 깎아내렸다.

그랬다. 스물다섯 때 나는 휘몰아치는 업무 스트레스를 어떻게 처리해야 할지 전혀 알지 못했다. 퇴근길에 진지한 눈빛으로 "차장님, 소주 한잔 사주십시오" 하고 제안한 뒤 곱창전골집에라도 가서 이런저런 어려움을 솔직하게 털어놓고 도움을 요청하는 것이 세련된 처세였을까? 부질없다. 그저 잠깐이나마 하고 싶은 짓 실컷 하고 속 시원한 편이 낫지.

◇

# 개
## 는
## 너
## 야

편의상 그를 김 선배라고 부르자.

6개월 먼저 입사한 김 선배에게 나는 처음으로 얻은 귀한 후배였을 것이다. 늑대 같은 선배들을 받들어 모시느라 얼이 빠진 본인의 정신적 스트레스를 풀어줄 어린 양. 그래서인지 김 선배는 종종 나를 휴게실로 소환해 본인이 6개월 동안 직장 생활하며 체득한 막내학개론을 열심히 전수했다. 누구보다 일찍 출근할 것, 출근 인사를 건네는 목소리는 우렁찰 것, 퇴근 전에는 선배에게 도와드릴 일이 없는지 여쭐 것, 회식 자리에는 기쁜 마음으로 참석할 것 등등. 한편 그가 즐겨 꺼내던 휴게실 아카데미의 또 다른 주제는 욕망이었다. 회사 내의 권력 관계, 임원들 서열, 동아줄과 썩은 줄 구분하는 법, 승진을 둘러싼 암투, 사내 불륜관계 등등. 김 선배의 가르침 덕분에 나는 일찌감치 애사심과 더불어 직장 상사에 대한 존경심을 접었다.

김 선배는 나를 '당신'이라고 칭했다. "당신은 신입이라 잘 모르겠지만……", "당신의 그런 행동은 참 좋아. 그런데 말이야……" 하는 식이었다.

하루는 같은 팀 대리 한 분이 멀뚱히 앉아 있는 내게《입사 후 3년》이란 책을 빌려줬다. 잠시 뒤, 김 선배가 등 뒤로 다가와 가만히 속삭였다.

"책 반납할 때 독후감도 같이 써서 드립시다."

물론 나는 시키는 대로 했다. 독후감을 제출하면서 결재판이라는 걸 처음 써본 나에게 대리는 어리둥절한 표정으로 물었다.

"이걸 왜…… 서명은 필요 없죠?"

김 선배에게 밥을 얻어먹은 기억은 없다. 월급쟁이 주머니 사정이야 빤하니 십분 이해한다. 그래도 기억을 꼼꼼히 더듬고 더듬으니, 딱 한 번 퇴근길에 맥주 한 잔을 얻어 마신 날이 떠오른다. 술집에서 김 선배는 다리를 꼬고 앉아 내 얼굴에 대고 연신 담배 연기를 뿜으며(잊을 수가 없는 지독한 카멜 담배 냄새!) 자신이 관찰해본 바 이 회사는 썩었고, 수년 내에 망할 것 같고, 눈을 씻고 찾아도 본받고 싶은 인물이 없다고 했다. 하지만 '우리'로서는 달리 갈 곳도 없으니 잘 적응해야지 별수 있겠냐고 했다.

김 선배는 나보다 딱 6개월 먼저 회사를 그만뒀다. 생각해보니 그에게 업무와 관련된 도움을 받은 적이 없다. 아마 '당신'도 아는 게 별로 없었겠지.

또 다른 그를 김 대리라고 부르자.

입사 5년 차 김 대리는 내가 첫 직장에서 근무할 때 만난 첫 사수다. 중간에 나란히 팀을 옮기는 바람에 회사를 그만둘 때까지 그는 나의 직속 선배로 남았다. 김 대리는 늘 일에 허덕였다. 그래서 내가 작성한 서류나 보고서를 꼼꼼하게 봐줄 시간이 없었다. 당연히 업무를 A부터 Z까지 차근차근 가르쳐줄 여력은 더더욱 없었다. 나는 그의 어깨너머로 보고 배운 서툰 솜씨로 결재를 올렸다가 과장한테 깨지고 부장한테 까이면서 업무를 익혔다. 하지만 그 바쁜 김 대리는 종종 퇴근길에 통닭집으로 나를 데려가 맞은편에 앉혀놓고는 남자 친구를 몇 명이나 사귀어봤냐고 묻는 여유를 부렸다.

사무실에서 김 대리 자리는 내 바로 왼편에 있었고 우리 사이에는 파티션이 없었다. 너무 바쁜 김 대리는 나를 부를 때 이름 석 자를 정확히 발음할 시간조차 부족했던 나머지 매번 애완견을 부르듯 입으로 "쯧쯧" 소리를 냈고, 내가 고개를 돌리면 손을 까닥였다. 그 신호를 받으면 나는 벌떡 일어나 두 손을 공손히 모으고 김 대리 옆에 섰다. 내가 사람인지 개인지 개가 사람인지 개인지 나만 개인지 개가 개라서 나를 개처럼 부르는지 혼란스럽던 어느 날, 또다시 들려오는 쯧쯧 소리에 고개를 홱 돌려 "대리님, 제가 갭니까?" 쏘아붙인 다음에야 겨우 인간의 존엄을 되찾았다.

퇴사하던 날, 나는 김 대리의 어깨를 두드려주고 싶었다. 이렇게 속삭이면서.

"힘내요. 쯧쯧."

◯

# 식
# 사
# 전
# 쟁

나 말고는 팀원 모두 남성이었다. 그들이 공깃밥 한 공기와 김
치찌개를 해치우는 데 걸리는 시간은 단 7분. 김을 내뿜는 순
댓국도 느글느글한 까르보나라도 어김없었다. 말수가 적은 팀
원들은 식사를 마치면 서로 대화 한마디 나누지 않고 멀뚱히
앉아만 있었다. 달그락달그락. 숨 막히는 정적을 깨고 울리는
나의 다급한 숟가락질 소리. 7분 동안 다섯 숟갈도 뜨지 못한
나는 눈알을 좌우로 굴리며 최선을 다해 음식을 코와 귀로 마
구 쑤셔 넣었다.

원체 먹는 속도가 느린 편이라 허겁지겁 식사를 해치우는 일은 고역이었다. 처음에는 어떻게든 배를 채워보겠다고 제대로 씹지도 않은 음식을 꿀꺽꿀꺽 삼켰다가 금방 위궤양을 얻었다. 점심 식사를 거듭할수록 얼굴이 점점 더 핼쑥해졌다. 다 먹고살자고 하는 일인데 양껏 먹지도 못하는 이 부조리한 상황은 대체 뭐지? 다 드셨으면 먼저 일어나시라고, 천천히 먹고 가겠다고 사정해도 묵묵부답. 숨 막히는 정적이라도 깨보려 대화를 시도했다가 혼자 나불대느라 시간에 더 쫓겼다. 결국 다 포기하고 몰래 빠져나가 홀로 느긋이 점심을 해결했다. 물론 두세 번 만에 팀워크는 국 끓여 먹었냐고 부장한테 단단히 깨졌다.

하는 수 없이 억지 다이어트에 돌입했다. 아무리 꼼수를 쥐어짜본들 팀원들의 속도에 맞추려면 식사량을 줄일 수밖에 없었던 것이다. 무조건 팀원들이 숟가락 놓을 때 식사를 끝냈고 언제나 음식을 우물우물 씹으면서 일어났다. 물 한 모금 삼킬 여유 없이, 휴지로 입가를 닦을 새 없이. 쌀밥 반 공기로 연명하는 날들이 이어졌지만 마음은 편했다. 위궤양도 이겨냈다. 다이어트 효과는 톡톡했다. 중학교 1학년 여학생 평균 체중까지 몸무게가 곤두박질쳤으니 말이다. 어떤 날은 오후 서너 시쯤 되면 배가 고파 펜을 쥔 손이 후들거렸다.

　재빨리 점심을 먹어 치우고 사무실로 돌아가면 오후 업무 개시까지 30분이 넘는 여유 시간이 생긴다. 누구는 엎드려 자고, 또 누구는 인터넷 쇼핑을 하고, 혹은 담배를 피우러 옥상에 오르는 참으로 여유 넘치는 시간! 나는 언제나 그렇듯 조용히 휴게실로 이동해 율무차를 한 사발 타서 허겁지겁 들이켰다.

"그래, 술은 좀 합니까?"

면접개미 1: 네! 소주 두세 병은 거뜬합니다!

면접개미 2: 소주 한 병 정도 마십니다.

나: 소주는 모르겠고, 소맥은 무한대입니다.(능글맞은 미소)

소맥은 무한대.

이 한마디가 입사를 결정지었다고 믿는다. 그때 면접관의 눈이 번뜩이는 걸 똑똑히 보았으니까. 물론 무한대라는 표현은 새빨간 거짓말이다. 사실 그때까지 소맥은 냄새도 맡아본 적 없다. 그저 순간적으로 기지를 발휘해 면접관이 좋아할 법한 대답을 내뱉는 데 성공했을 뿐이다. 가증스러운 너스레로 합격한 회사에서 온갖 고초를 겪은 건 인과응보였을까. 하지만 어찌겠는가. 당시 면접은 서류 전형에서 우수수 탈락해가며 심신을 난도질당한 끝에 겨우 얻은 천재일우의 기회였다. 랩을 시키면 비와이인들 못 될 것이요, 개인기를 주문하면 탈춤인들 못 추랴. "소맥은 무한대"란 대답은 치졸한 거짓말일지언정 마침내 나를 먹고살게 해주었다.

입이 거짓을 말해도 위장은 정직했다.

입사하고 맞이한 첫 회식 날, 상무가 말아주는 소맥을 넙죽 받아 마셨다가 귀갓길 지하철에서 고목나무 쓰러지듯 고꾸라졌다. 휘청이고 비틀거리는 일련의 단계를 밟으며 차근차근 넘어진 게 아니다. 그냥 톱으로 베어낸 전나무가 쓰러지듯 몸이 종에서 횡으로 쿵 떨어졌다. 그 충격을 설명하기 위해 신체 사이즈를 소상히 밝히자면 내 키는 170센티미터. 당시 신은 구두 굽이 6센티미터였으니 도합 176센티미터에 달하는 전나무,

아니 장신이었던 셈이다. 상상컨대 목격자인 승객 입장에서는 눈앞에 우뚝 솟은 여자가 한순간 시야에서 사라지더니 가로로 쭉 뻗어버린 상황이었다.

한산한 지하철 안에 쿵 소리가 울려 퍼졌고, 놀란 승객 서너 명이 달려와 흐느적거리는 몸을 일으켜주었다. 선량한 시민들의 도움에 힘입어 앉았다 누웠다 쭈그렸다 토했다를 반복하며 조금씩 이동해 간신히 내 방으로 세이프. 다음 날 아침 눈을 떠보니 온몸이 흠씬 두들겨 맞은 것처럼 뻐근했다. 바닥에 부딪힌 왼팔과 허벅지에는 검푸른 멍이 선명했다. 검정 스타킹으로 애써 멍을 감추고 푸석한 얼굴 위에 공들여 화장한 뒤 평소보다 일찍 출근해 상무에게 웃는 얼굴로 문안 인사를 올렸다. 헐어버린 위장이 몹시 쓰라렸다.

나중에 전해 들었는데 나는 그날 회식 자리에서 위를 세 차례나 게워냈고 억울하다면서 엉엉 울었다고 한다. 그렇지만 다음번 회식 때 내 술잔에는 어김없이 독한 알코올이 가득 채워졌다.

첫 직장을 그만둘 때 사표를 쓰지 않았다. '퇴직원'이라는 간단한 전자 문서에 이름과 직책, 소속 팀명, 퇴사 일자를 기재하고 서명하는 것으로 서류 정리가 끝났다. 퇴직 사유를 적는 칸이 없었다는 사실이 못내 아쉽다. 나를 괴롭힌 무수한 인간과 불합리한 조직 구조와 까라면 까라는 구호와 개인에게 떠안겨서는 안 될 과도한 업무량과 낮은 임금과 무보수 야근과 주말을 잡아먹는 배구 경기와 낮밤을 가리지 않는 잦은 회식과 노동자에게 불리한 고용 형태와 화풀이하듯 퍼붓던 상사의 비난과 빈정거림과 모독은 물론 이 회사 밖에서 찾아낸 더 나은 미래를 '일신상의 사유'라는 여섯 글자에 꾹꾹 눌러 담고 싶었는데.

## 내 추어탕은
## 내가 알아서 할게요

추어탕에는 마늘과 대파, 무엇보다 산초를 가미해야 제맛이
라며 양념 그릇을 내 앞에 들이미는 영업이사에게 손사래를
쳤다.

   "아뇨, 괜찮습니다."
   "자. 맛이 훨씬 좋아진다니까."
   "담백한 국물이 좋아서요."
   "아니라니까. 풍미가 다르다니까."

"위가 약해서 향신료를 싫어합니다."
"그럼 산초라도 좀 넣어봐요."
"됐습니다."
"에이. 진짜. 필 모르네."

이따위 대화를 주고받으며 아랫사람 추어탕 국물 취향까지 지배하려 드는 이 양반은 먹을 때나 회의할 때나 자기주장만 반복하는 건 똑같네, 속으로 푸념했다. 이어지는 이사의 국밥 개똥철학을 한 귀로 주워섬겨 한 귀로 흘리되 고개는 때맞춰 끄덕이며 담백한 국물을 떠먹었다. 오직 입 하나만 떠들고 나머지 입들은 네, 네, 장단 맞추기 바쁜 점심 회식 밥상머리 한 귀퉁이에 앉아서 추어탕을 먹는데, 이상하게 라모가 떠올랐다.

라모는 3세기 전에 프랑스 파리를 어슬렁거리던 무뢰한이다. 계몽사상가인 드니 디드로가 쓴 소설 《라모의 조카》의 주인공이기도 한 라모. 라모는 엉터리 음악가로, 이 사람 저 사람 등쳐 먹는 건달이자 나리들을 웃기는 대가로 식탁 말석에서 음식을 빌어먹는 광대다. 라모가 카페에서 만난 철학자를 붙들고 나리 앞에서 딱 한 번 입바른 소리를 했다가 거리로 쫓겨

난 사연을 하소연하는 게 이 소설 플롯의 전부다. 라모가 감히 내뱉은 입바른 소리가 뭔고 하면…… 상세한 줄거리를 곱씹을 새 없이, 담백한 국물을 떠먹다 떠오른 문장부터 찾아내려 머릿속으로 책장을 훌훌 넘겼다. 지금이라도 나리 댁으로 돌아가 싹싹 빌라는 철학자의 조언에 라모는 그러기 싫다고 대꾸한다. 이에 철학자가 웃자, 이어지는 라모의 대답.

"누구라도 그 나름대로는 품위가 있는 거라고요. 나야 내 품위를 잊어도 그만이지요. 그러나 내 뜻에 따라서이지, 다른 사람의 명령에 따라서가 아닙니다. 누가 나더러 기어라 하고 말할 수 있으며, 내가 기어야 할 의무가 어디 있습니까?"

# 2장

# 언프리티 일개미

We are not a team. (우린 팀이 아니야.)
This is competition! (이건 경쟁이야!)
—엠넷 〈언프리티 랩스타〉 시즌 1 중에서—

## 불황입니다
### 범인은

인생의 황금기를 꼽으라면 첫 직장을 때려치우고 백수 시절을 보냈던 2010년 상반기를 꼽겠다. 통장에는 푼돈이나마 잔고가 있고, 아침저녁으로 지옥철에 시달릴 필요가 없으며, 욕먹을 일도 욕할 일도 없는, 하루가 끝날 줄을 모르던, 시간을 완벽히 낭비하던 날들.

오전 9시.
엄마가 출근 전에 돌려놓고 나간 세탁기 종료음에 맞춰 상쾌한 기상. 기지개를 켜고 세탁물을 꺼내 베란다로 옮긴 뒤 젖은 빨래를 넌다.

9시 반.

아침 토크쇼를 보면서 마른 옷가지며 양말, 수건 따위를 차곡차곡 개킨다.

10시 반.

밑반찬 몇 가지를 꺼내고 달걀 프라이를 부치고 쌀밥을 퍼서 간단히 끼니를 챙긴다.

11시.

설거지를 마친 다음 커피믹스 한 잔을 타서 소파에 앉아 호로록 마시며 짧은 휴식. 때로는 기타를 꺼내 무릎에 올리고는 아는 코드 몇 개를 반복해서 누르며 아무 곡이나 흥얼거린다.

어느덧 12시가 훌쩍 넘는다.

이제 백수 처지에 걸맞게 노트북을 켜고 구직 활동에 돌입할 시간. 각종 구직 사이트와 취업 카페를 뒤져 괜찮은 매물을 발견하면, 취업 폴더를 열어 업종별로 차곡차곡 저장해둔 자소서 가운데 적당한 파일을 소환해 사명 교체 및 손질을 거쳐 제출한다. 입사지원서 작성부터 업로드까지는 건당 10분이면 충분하다. 틈틈이 인터넷 기사와 댓글을 훑는 건 기본이다. 구직자는 시사 상식에 밝아야 하므로. 짬을 내어 SNS를 관리하고 남의 블로그도 훔쳐본다. 인간계와의 연을 놓을 수 없기 때문에.

오후 2시.

저금통을 털어 동전 몇 닢을 꺼내 들고 외출한다. 동네 도서관 간행물 자료실에 앉아 시사주간지와 문예지, 패션잡지를 섭렵한다.

3시 반.

일반 자료실로 올라가 서가에 꽂힌 책등을 훑다 마음에 드는 제목의 책을 한 권 고른다. 활자 읽기가 지겨울 때는 근처 만화 대여점으로 이동해 만화책을 빌린다. 도서관 사서 혹은 만화방 사장님과의 짧지만 소중한 대화.

4시.

동전으로 바나나 우유를 사 들고 점찍어둔 동네 정자로 간다. 이미 초딩들이 차지했다면 낭패. 그럴 경우엔 주로 어르신들이 삼삼오오 모여 볕을 쬐고 계신 근처 벤치에 걸터앉아 무슨 주제든 "늙으면 죽어야지"로 끝맺는 기묘한 대화를 벗 삼아 독서에 열중한다.

5시 반.

집으로 돌아와 자잘한 집안일을 처리한다. 주로 우편물 정리나 분리수거, 화장실 휴지 교체, 책 정리 따위다.

6시.

가족들에게 연통을 넣어 퇴근 시간 체크하기. 이때 주로 과자나 빵을 사다달라고 부탁하거나 외식을 하자고 조른다.

6시 반.

음악을 크게 틀고 침대에 벌렁 누워 뒹굴대기. 하루 중 가장 행복한 시간이다. 그렇게 오전 9시에서 오후 6시까지 스트레스 없이 여유를 즐긴다.

7시.

고단한 가족들이 지친 몸을 이끌고 차례로 귀가한다. 나는 재빨리 몸을 일으켜 노트북을 켜고 열심히 구직 활동 중임을 어필한다.

아직도 재취업에 성공하지 못한 건 내가 게을러서가 아니라 불황 때문이어야 하므로.

# 돌아온 취준생

취업 포털 사이트에 접속해 내 몸에 꼭 맞는 직장을 물색하는 사이에 벌어둔 돈이 똑 떨어졌다. 쾌적한 근무 환경과 평균 이상의 급여, 유연한 기업 문화까지 삼박자를 완벽히 갖춘 직장에서 구직 공고를 내는 경우는 흔치 않았을뿐더러 간혹 자리가 난다고 해도 면접 전형에서 떨어지기 일쑤였다. 제 발로 걸어 나왔다는 이유로 실업 수당도 받지 못하는 형편에 언제까지고 손가락을 빨고 있을 수는 없는 상황. 대졸 예정자가 취업 시장에 대거 유입되기 전에 어디라도 한자리 꿰차야 한다는 초조함으로 다시 지원서를 마구잡이로 뿌려대기 시작했다. 첫 직장을 구할 때 그랬듯이 2차 산업과 3차 산업을 가리지 않았으며, 이번에는 벤처 기업에까지 손을 뻗쳤다. 결과는 번번이 낙방. 공장 자재 구매를 1년 하다 때려치운 구직자가 외식 업체 입사지원서에 "사실 예전부터 한식의 대중화를 꿈꿔왔습니다"라고 적거나, 벤처 기업 면접장에서 까마귀 정장을 빼입고 앉아서는 "관료주의 사고에 물든 대기업에서는 저의 창의력과 개성을 펼칠 수 없다는 마음에 과감히 자리를 박차고 나와……" 따위의 말을 주절거려봤자 그 진정성을 누가 믿어주겠는가. 나도 안 믿는데!

일을 쉬는 동안 적성에 맞는 직종을 찾아보려 노력하지 않은 건 아니었다. 내가 좋아하는 일이 뭘까. 잘해낼 수 있는 일이 뭘까. 아니 됐고, 비교적 스트레스를 덜 받으면서 적당한 연봉을 받을 수 있는 직업은 없을까. 그런 고민들을 하는 도중에 문득 주변을 둘러보니 사방이 책이었다. 어릴 적부터 아파트 단지 내에서 알아주는 책벌레로 통했던 나는 자라면서도 책에서 손을 떼지 않았다. 백수 시절에도 매일같이 도서관에 들러 책에 파묻혀 있었을 정도니까. 내가 좋아하는 일, 애정을 가지고 꾸준히 관심을 기울여온 분야. 그래, 책이다!

책의 네모난 꼴, 도톰한 두께, 바스락거리는 종이, 그 위에 까맣게 인쇄된 단정한 문장들. 책 만드는 일을 업으로 삼는다면 책을 이루는 이 모든 요소마다 내 손길이 가닿을 것이었다. 얼마나 뿌듯할까. 세상에 뿌듯함이라니. 지난 1년여의 회사 생활에서 눈곱만큼도 느껴보지 못한 감정 아닌가. 그래, 편집자가 되어 뿌듯함을 움켜쥐자! 그날로 삼라만상이 모두 담긴 인터넷에 접속해 출판 편집과 관련된 정보를 뒤졌다. 편집자라 하면, 으레 1992년 방영된 MBC 드라마 〈아들과 딸〉에서 덧소매를 끼고 손을 호호 불며 원고지에 뭔가를 적던 후남이 이미지밖에 떠올리지 못하던 나에게 출판 편집의 세계는 꽤 역동적으로 다가왔다. 직접 도서를 기획하고, 저자를 섭외하고, 원서를 고르고, 문장을 매만지고, 제목을 짓고, 보도 자료를 쓰는 일련의 과정이 대단하게만 보였다.

문제는 그 죽일 놈의 불황이 출판계마저 덮쳐 마땅한 일자리를 얻기가 쉽지 않았다는 점이다. 공채로 신입 사원을 뽑는 경우는 극히 드물었다. 가물에 콩 나듯 대형 출판사에서 공채를 모집하는 경우가 있었으나 번번이 서류 전형에서 탈락했다. 출판 예비 학교를 나오거나 문예창작을 전공한 지원자들 틈에서 기계 부품이나 팔다 온 인간은 경쟁이 되지 않았다. 그러는 동안에도 야속한 시간은 잘만 흘렀고 통장은 나날이 홀

쭉해졌다. 출판사 입사만을 바라보다가는 소비자로서 책을 구입하는 행복마저 잃을 판. '투 트랙 전략'을 구사할 수밖에 없다는 냉정한 판단 하에 일반 사기업 구직 활동을 재개했다. 그리고 열흘 뒤, 출판 신(神)의 부름을 받았다. 정부에서 청년 출판 인턴 제도를 시행함에 따라 경력 없이도 출판사에 취직할 수 있는 길이 열린 것이다.

마침내 한 출판사와 면접이 잡혔다. 그리고 정말 우습지만 그날 오전에는 A 은행 면접이 잡혀 있었다. 나 참, 문화 산업과 금융 산업을 아우르는 인재라니. 은행권은 기피해온 편이지만 모집 정원이 워낙 많기에 합격 확률이 높겠다 싶어 그냥 한번 넣어본 게 덜컥 통과된 거다.

두 건의 면접이 잡힌 당일 오전. 검은색 투피스를 입고 명동에 위치한 고층 빌딩에 올라 첫 번째 면접에 임했다. 한꺼번에 여덟아홉 명의 지원자가 들어가 여러 명의 면접관이 던지는 질문에 짧게 답하는 다대다 면접이었다.

"○○ 씨, 오늘 원 달러 환율이 얼마인지 아십니까?"
"예, 금일 오전 기준으로 원 달러 환율은 1,098원입니다."
"지난주에 비해 오른 건가요?"

"······죄송합니다, 그것까지는 미처 파악하지(외우지) 못했습니다."

밑천을 드러내고 만 초라한 면접을 마치고 고층 빌딩 틈새에서 성업 중인 카페에 들러 샌드위치와 커피로 간단히 끼니를 때웠다. 오후 면접 장소로 이동하기 전, 재킷을 벗고 녹색 카디건을 걸쳤다. 목에는 노랑과 초록이 섞인 스카프를 둘렀다. 출판은 창작물을 다루는 직종이니 금융권에 어울렸던 보수적인 면접 복장을 부드럽게 중화하려는 나름의 작전이었다. 2호선 외선순환 지하철을 타고 이동해 홍대에 위치한 저층 빌딩에서 두 번째 면접에 임했다.

"올 하반기 출판 트렌드를 어떻게 전망하나요?"
"예. 상반기에는 인문학 분야의 선전이 눈에 띄는 것 같습니다. 하반기에도 이러한 흐름이 유지되지 않을까 싶어요. 특히 하반기 출간이 예상되는 ○○ 작가의 신작에 주목하고 있습니다······."

출판사 대표와 독대로 치러진 심층 면접은 두 시간 가까이 이어졌다. 대표가 지원자에게 긴 시간을 투자한다는 것은 긍정적인 신호임에 분명했으나, 시간이 흐를수록 슬금슬금 판단력이 흐려졌다. 오전 면접으로 에너지를 낭비한 탓에 집중력을 잃지 않고 끝까지 면접에 임하기 쉽지 않았다. 일단 혀가 꼬였다. 질문에 엉뚱하게 대답하거나 질문 자체를 이해하지 못해 멍청한 표정으로 "네?" 하고 반문하기 일쑤였다.

겨우 면접을 마치고 거리로 나서자 집채만 한 피로가 파도처럼 몰려왔다. 뒤이어 그보다 더한 자괴감이 온몸을 덮쳤다. 비정한 취업 시장에서 헤매다 또다시 길을 잃었다. '묻지 마 취업'의 폐해로 1년을 허비하고도 조금도 달라지지 않은 나. A 은행에 붙으면 정말로 행원이 되어 제2의 삶을 시작할 셈이었을까. 출판사 인턴으로 붙었는데 6개월 뒤에 정규직으로 전환해주지 않으면 그때는 어쩔 셈인가. 만약 두 곳 모두 떨어지면 그때는 정말이지 어디로 가야 할까.

◇

속
아
도
꿈
결

#1

구름 위를 산책하다가 신적인 존재를 만났다. 그분은 내게 파
란 알약을 하나 내밀었다. 이 약을 삼키면 개가 될 수 있다며,
내가 착하게 살아왔기 때문에 종을 바꿀 기회를 주는 것이라
고 말했다. 나는 두말없이 그 알약을 받아 삼켰다.

#2

출근 준비로 바쁜 아침. 젖은 머리카락을 말리고 화장을

한 뒤 셔츠를 입으려는 참이다. 그런데 입자마자 옷이 북 찢어진다. 옷장에서 다른 옷을 꺼내어 입었지만 웬걸, 그 옷도 너덜너덜하다. 시계는 오전 9시를 향하고 나는 몸에 꿰는 족족 찢어지는 티셔츠며 원피스며 스웨터를 입고 벗느라 식은땀을 줄줄 흘린다.

#3
그 밤의 악몽은 실제로 겪은 일과 꼭 닮았다. 2013년 가을, 현실에서 입사 동기가 계약 해지를 통보받았다. 정규직 공개 채용에 합격한 나를 포함한 동기 넷은 관행상 1년간 계약직으로 일하며 수습 기간을 거쳤다. 그러나 계약이 종료될 즈음, 회사는 경영상의 문제로 네 사람 모두를 정규직으로 전환할 수 없다는 입장을 밝혔다. 당사자인 우리와 노조는 반발했고 결국 합의점을 찾지 못한 채 계약 종료일에 몰려 계약직 6개월 연장에 동의했다. 다시 시작된 평가 기간 동안 회사는 우리 넷을 다시 저울질했다. 오늘은 내 이름이, 다음 날엔 다른 동기 이름이, 주말이 지나면 또 다른 이의 이름이 돌아가며 거론됐다. 지옥 같은 불안감을 안고 보낸 하루하루가 지나 몇 달이 흘러, 마침내 인사 담당자는 근무 평가에서 가장 낮은 순위를 얻었다는 한 명을 호명했다.

그날 꿈속의 우리는, 현실에서와 마찬가지로 각자 점수가 매겨질 참이었다. 다만 현실과 달리 순위가 가장 낮은 사람이 그 대가를 퇴사가 아닌 목숨으로 치러야 했다. 종목은 달리기. 꿈속의 나는 현실 속 당사자인 바로 그 친구를 가슴 터질 듯이 걱정하며 내달렸다. 숨이 턱까지 차올라 심사대 위에 올라선 뒤에야 운동장에 쩌렁쩌렁 울려 퍼지는 내 이름을 듣는다.

각고의 노력 끝에 출판일개미로 첫발을 내딛어 월급으로 쥐꼬리를 받던 시절의 사연이다. 출판업계 연봉이 박하다는 건 귀동냥으로 익히 알고 있었지만, 아무래도 앞자리 숫자를 잘못적은 것 같은 근로계약서에 도장을 찍으려니 손이 벌벌 떨렸다. 은행에 가는 척 가방을 챙겨 들고 냅다 줄행랑 놓을 궁리까지 잠깐 했다. 대기업을 다니던 시절에 받았던 연봉에서 절반을 뚝 떼어내려니 왠지 무서웠던 것이다. 하지만 '열심히 일해서 내 몸값 내가 올리면 되지' 하는, 노예근성에 절인 일개미 정신에 입각해 쥐꼬리 월급을 감수하기로 마음먹었다. 애초에 빠져나갈 구멍은 없었다. 편집자를 꿈꾸는 일개미에게 초봉 박봉의 법칙은 숙명과도 같으니.

우주먼지 같은 월급으로 회사 생활을 시작했지만 삶의 질이 급격히 추락하지는 않았다. 현재의 용돈을 보전하기 위해 미래의 나에게 할당된 저축액부터 가차 없이 줄였으니까. 물론 가까운 거리는 걸어 다니고 점심 도시락을 싸 들고 다니는 사소한 노력도 잊지 않았다. 그런 고육지책 덕분인지 어떨 때는 여윳돈이 남는 달도 있었다. 월급 타기 전날 통장에 잔고가 남아 있으면, 만 원이든 십만 원이든 몽땅 털어 기부했다. 잔고라 해봤자 워낙 쥐꼬리다 보니 딱히 아깝지도, 딱히 뿌듯하지도 않았다. 하여간 적게 벌어 적게 쓰는 와중에도 열심히 일했고, 근면한 모습을 흐뭇하게 지켜보던 사장의 배려로 입사 3개월 만에 월급이 10만 원 올랐다. 하해와 같은 배려에 감격해 더 열심히 업무에 매진했음은 물론이다. 그렇게 다시 3개월이 흘러, 마침내 연봉 협상 시기를 맞이했다.

월급 통장에 찍히게 될 새로운 숫자는 총무 담당자가 전달해주었다. 지금도 정확히 기억한다. 세금 떼고 145만 원. 뭐라고? 내 나이 스물일곱이요, 일개미 3년차에 연봉의 두 배가 넘는 업무를 군말 없이 떠안아왔는데? 무슨 용기가 치솟았는지 그 자리에서 벌떡 일어나 대표의 방문을 두드렸고, 30분 후 내 월급은 150만 원이 되었다. 매달 5만 원씩을 더 타내기 위해 펼쳤던 소피스트 버금가는 논변과 눈물 없이 들을 수 없는 읍소의 자세한 내용은…… 생략하고 싶다. 아무튼 그 순간 나란 인간은 체면 대신 월급 5만 원 인상을 택했다.

그날 저녁, 지하철에 몸을 구겨 넣고 집으로 향하는데 울화가 치밀었다. 그날따라 내가 입고 걸친 모든 게 한없이 초라하게만 느껴졌기 때문이다. 대량생산한 값싼 티셔츠, 구겨지고 올이 풀린 치마, 꾀죄죄한 헝겊 가방, 캐릭터 동전 지갑에 꼬깃꼬깃 접어 넣은 천 원짜리 네댓 장. 심리적 저지선이었던 월급 150만 원을 사수하기 위해 진력을 쏟느라 사고의 비약을 억누를 힘이 모자랐던 나는 '에라이 한낱 먼지 같은 돈, 다 써 버리자!' 하는 충동에 기꺼이 몸을 내맡겼다. 그길로 명동으로 달려가 백화점 명품관을 돌며 탐욕스럽게 물건을 구경하노라니 큼지막한 명품 브랜드 로고가 박힌 지갑이 눈에 들어왔다. 인상된 봉급의 절반을 탈탈 털어야 살 수 있는 가격표가 붙은, 염소가죽을 파랗게 물들인 장지갑이었다.

그때 당장 체크카드를 꺼내 들고 일시불로 사버렸다면 얼마나 멋있으랴. 하지만 물건값으로 그렇게 큰돈을 치러본 적

없는 서민적 소심함이 타오르는 욕망을 억눌렀다. 결국 그날은 백화점을 백 바퀴 도는 망설임 끝에 소심하게 발걸음을 돌렸다. 하지만 가슴속에 한 번 자리 잡은 욕망이 쉬이 사그라질 리 만무한 법. 눈을 감으면 근사한 염소가죽 지갑이 명품 로고와 함께 아른거렸다.

'개처럼 벌어서 정승같이 쓰는 거라지?'

'좋은 지갑을 써야 돈이 쌓인다는 말을 들은 것도 같은데.'

틈만 나면 이런 식으로 자기 합리화를 시도했다. 그 무렵 읽은 신문 기사 한 토막은 욕망을 부추기는 데 한몫했다. 월급 부자가 되려거든 지갑부터 바꾸라는 요지의 경제 기사였는데, 그 기사에 따르면 본인이 소유한 지갑 가격에 200을 곱한 값이 연봉이란다. 당시 내 지갑은 고작 9,000원. 그렇다, 쥐꼬리 연봉은 지갑 때문이었다!

일주일을 더 이어진 격렬한 고민 끝에, 매장에서 지갑을 세 번이나 더 만지작거린 끝에, 이 저속한 고민에 넌덜머리가 난 나머지 지갑을 사버리기로 마음먹었다. 현금을 인출해 명동 구둣방에서 상품권을 샀다. 몇 푼이라도 아껴보려고 '상품권 깡'을 한 것. 상품권 개수를 꼼꼼히 세어 가방에 고이 넣은 뒤 백화점으로 걸음을 옮겼다. 그런데 에스컬레이터를 타고 올라가면서 그동안 한 번도 해본 적 없는 생각이 스쳤다. 출판사에 취직하고부터 NGO 단체를 통해 매달 아프리카에 염소 한 마리씩을 보내왔는데, 염소가죽 지갑을 살 돈이면 아프리카에 진짜 염소 열아홉 마리를 보낼 수 있다는 사실을 깨달은 것이다. 젖도 얻고 고기도 얻고 새끼를 쳐서 가계에 보탬이 될 아프리카의 염소와, 내 연봉의 두세 배를 받는 친구들과 만날 때도 기죽지 않고 자랑스레 꺼내 들 수 있는 명품 염소가죽 지갑. 백화점을 빙글빙글 돌며 머릿속으로 수염 난 빨간 염소와 로고 박힌 파란 염소 지갑을 저울질했다. 저울이 어느 한쪽으로 기울 때마다 허영심과 죄책감이 서로 멱살을 잡고 다퉜다.

'사버려! 네 친구들을 보라고. 동전 지갑이나 덜렁 가지고 다니는 건 너뿐이야!'

'사지 마! 수중에 현금이라곤 겨우 사오천 원밖에 없는 주제에 지갑이 가죽이면 뭐 해? 양심의 지갑부터 두둑이 채우라고!'

백화점을 백 바퀴 돈 끝에 마침내 승리한 주장은, 역시 사버리자는 거였다.

죄책감을 느낄 필요는 없었다. 갖고 싶은 물건을 사는 기쁨은 노동이 안겨주는 소중한 가치 가운데 하나니까. 쥐꼬리 같은 월급을 잘 쪼개어 생활비 대고 미래를 대비하고 사치도

부려보고 어려운 사람을 도와가며 큰 빚 없이 산다면, 그걸로 충분하지, 뭐.

사실 더 진지하게 고려했어야 마땅한 문제는 따로 있었다. 바로 내가 싫증의 천재라는 점. 그토록 비싸게 산 명품 지갑이 싸구려 캐릭터 지갑과 똑같은 속도로 지겨워질 줄이야!

# 모르고
## 화병인 줄도

마치 눈물샘에 드리클로라도 바른 양 잘 울지 않는 편이다. 감성이 풍부한 사람을 질투할 정도로 담백한 성격을 타고났다. 이 미친 세상에서 살아남기 위해, 나약해 보이지 않으려 감정을 삼키고 무표정의 가면을 써온 것은 아니다. 그런 위악은 21세기가 요구하는 미덕이 아니니까. 그냥 원래 어렸을 때부터 슬픔을 느껴도 눈물이 잘 솟지를 않았다. 말이야 쉽지 이게 참 환장할 노릇인데, 분명 울고 싶고 눈물이 나와야 마땅한 타이밍이고 실제로 거의 울 듯한 감정에 빠져 있을 때조차

고장 난 수도꼭지처럼 한 방울의 눈물도 짜낼 수 없다. 마른 걸레를 쥐어짜는 듯한 고통, 그 미칠 것 같은 갈급은 겪어보지 않으면 모른다.

사람들 앞에서 울음을 터뜨린 기억 역시 손에 꼽을 정도다. 머리가 이만큼 굵어진 이후에 엉엉 울어본 기억은 아마 4년 전쯤의 여름. 가족들과 함께 나들이를 갔다가 그만 왼팔에 벌을 쏘였다. 그런 통증은 난생처음이었다. 벌에 쏘인 팔꿈치 언저리가 마비되는가 싶더니 순식간에 팔이 몽땅 타들어갈 듯이 불타오르는 느낌. 아픈 건 둘째 치고 왼팔을 영영 못 쓰게 되는가 싶어 저도 모르게 눈물이 줄줄 쏟아졌다. 옆에 앉은 언니가 신속하게 내 왼팔의 솜털을 헤집어 얇디얇은 벌침을 쏙 뽑아내고서야 겨우 울음을 그쳤다. 그러고 보니, 남들 앞이건 혼자 있을 때건 엉엉 울어버리는 건 대개 내 몸 아플 때다. 얼마 전에도 치과 치료를 받으면서 닭똥 같은 눈물을 뚝뚝 흘리며 몸부림치는 바람에 "다음번에는 보호자를 데리고 오라"는 굴욕적인 말을 들었으니까.

회사 생활을 하다 보면 억울하고 서러워서 눈물바람이 들 때가 한두 번이 아니지만, 실제로 소리 내어 꺽꺽 운 것은 두 번뿐이다. 한 번은 일하는 도중에 큰고모가 돌아가셨다는 소식을 들었을 때. 두 번째는, 사실 왜 울었는지 지금도 그 이유를 잘 모르겠다.

　물론 험난한 시기였다. 정신머리는 알량한 연봉에 얽매여 회사 생활을 꾸역꾸역 해나가면서 이 짓을 끝낼 수도 참아낼 수도 없다는 모멸감에 시달렸다. 비쩍 마른 몸은 잦은 야근과 스트레스로 만신창이였다. 퇴근하면 사옥을 벗어나는 순간부터 한시라도 빨리 회사와 멀어지기 위해 전력 질주를 하던 시절이니, 말 다 했다. 하지만 그즈음의 컨디션과는 별개로 그날은 그저 평범한 하루였다. 특별히 아픈 데도 없었으며 상사에게 심한 모욕을 당하지도 않았다. 그저 켜켜이 쌓인 업무를 하나씩 처내며 시간을 보냈을 뿐이다. 그런데 이상하게 오후 무렵부터 가슴이 답답했다. 누가 끈으로 심장을 칭칭 동여맨 것처럼 왼쪽 가슴이 꼭 조이는 듯했다. 점심으로 먹은 뭔가가 단단히 체했나 싶었지만 점심이라고는 쌀밥 반 공기에 순두부 국물을 몇 숟갈 뜬 게 전부였다. 체했으면 명치가 아파야지 가슴이 아플 리도 없었다. 왜 이러지, 이상하네. 가볍게 주먹을 쥐고 왼쪽 가슴을 쿵쿵 치면서 일을 계속했다.

　낯선 통증을 안고 등을 활처럼 구부린 채로 한두 시간을 더 앉아 있다가, 안 되겠다 싶어 일단 화장실로 갔다. 문을 걸어 잠그고 수세식 변기 위에 쪼그려 앉아마자 예상치도 못한 울

음이 터져 나왔다. 대체 내가 왜 우는 건지 영문을 모르겠는데 눈물은 쉴 새 없이 쏟아지고, 당혹감을 인지할 새도 없이 대성통곡했다. 쪼그려 앉은 자세 그대로 꺽꺽 소리 지르고 콧물과 침을 줄줄 흘리면서. 그렇게 좁고 냄새나는 수세식 화장실 안에서 온몸의 수분이 증발하도록 원인 모를 눈물을 한참이나 흘려보냈다. 몇 분이 지났을까, 간신히 감정을 추스르고 다시 모니터 앞에 앉기 위해 변기에서 몸을 일으키는 순간 알았다. 가슴 통증이 씻은 듯이 사라졌다는 것을.

회사를 그만둔 지 벌써 몇 해가 흘렀지만 그때 그 좁디좁은 화장실과 눈물범벅이 된 얼굴을 연신 쓰다듬던 두 손의 감촉은 잊히질 않는다.

◇

# 쉬운 해고

사실상 쉬운 해고를 승인하는 격인 노동법 개정을 파탄 난 경제를 살릴 만능열쇠인 양 선전하는 이들의 논리를 듣고 있으면 화가 치민다. 정규직 열 명 가운데 여덟 명이 고용 불안을 느낀다고 고백하는 이 마당에, 고용 불안을 해소하지는 못할망정 해고를 부추기겠다는 발상은 대체 누구의 머릿속에서 나온 건지. 이미 해고는 지금도 곳곳에서 아무렇지 않게, 별다른 감시나 제재 없이 이루어진다. 굳이 지방고용노동청에 방문하지 않아도 주변에서 부당해고 사례를 숱하게 수집할 수 있을 정도다. 나 또한 근로계약서가 종이 나부랭이에 불과하다는 사실을 여러 차례 목격한 증인인 바, 그동안 직간접적으로 접한 숱한 사례 가운데서도 가장 충격적이었던 부당해고 사례를 적어보려 한다.

전 직원이 열 명 안팎인 작은 출판사에 다니던 시절이다. 마케터 출신 사장이 영업을 진두지휘하고 사장 부인이 편집장을 맡아 실무에 관여하는 전형적인 가족 경영 회사였다. 편집자는 모두 네 명으로, 인턴으로 갓 채용된 나와 동기 말고도 대리급인 선배 A와 B가 있었다.

입사하고 정신없이 한 달을 보낸 6월의 어느 아침. 업무를 개시하자마자 A 선배 자리에 전화벨이 울렸다. 오전 9시 정각에 전화가 걸려오는 경우는 매우 드물었기에 작은 사무실이 돌연 조용해졌다. 나는 왼쪽 파티션을 향해 귀를 기울였다. 사장의 호출 전화였다. A 선배가 일어나 사장실로 향했다. 그리고 30여 분쯤 흘렀을까, 얼굴이 새파랗게 질린 선배가 사장실에서 나왔다. 그러고는 선 채로 짐을 싸기 시작했다. 해고된 것이다. 당황한 우리는 서로 눈짓을 주고받으며 그저 눈치만 살폈다.

"나가라네요?"

대충 짐을 꾸린 A 선배는 날 선 한 마디를 남기고 그길로 사무실을 떠나 다시 돌아오지 않았다. 그날 오후 사장은 전체 회의를 소집해 A 선배를 급작스럽게 내보낸 이유를 해명했다. 자세한 내용은 기억나지 않는다. 뭣같은 이유였으니까. 나중에 남은 직원들끼리 모여 추측해본 A 선배의 퇴사 이유는 편집 장과의 불화였다. 그 며칠 전에도 편집회의 도중 A 선배와 편집장이 서로 날 선 공방을 벌인 터였다.

자그마한 회사에서 직원과 사장이 서로 손발이 맞지 않으면 치명적인 결과를 초래할 수도 있다. 그렇다, 백번 양보해 해고가 경영상의 이유로 불가피했다고 치자. 그렇더라도 버스와 지하철을 갈아타고 땀 흘리며 출근한 직원을 불러다가 집으로 쫓아내는 짓은 해서는 안 될 일이다. 부당해고에도 최소한의 품위는 있어야 마땅하지 않은가. 출근하자마자 해고라니, 이런 기막힌 경우가 노동삼법이 두 눈을 부릅뜬 백주대낮에 벌어질 수 있다니. 생각할수록 가슴이 뻐근했다. 출근길 해고 사건이 벌어진 이후 한동안은 일을 하다가도 이를 부득 갈았다.

다시 한 달여가 흐른 7월의 어느 저녁. 이번에는 B 선배 자리에 전화벨이 울렸다. 퇴근 시간을 넘겨 편집부에 전화벨 소리가 울리는 경우 또한 마감 때 말고는 극히 드문 일이었다. 벨 소리가 불길하다 싶었는데 아니나 다를까, 역시 사장 호출이었다. 일순 사무실 공기가 얼어붙었다. 마감에 쫓겨 기획안을 제출하지 않은 일 때문에 B 선배가 사장에게 깨진 게 불과 엊그제였다. 선배는 삼사십 분 뒤에 얼굴이 시뻘겋게 익은 채로 나왔다. 그러고는 한 달 전 A 선배가 그랬던 것처럼 선 채로 짐을 꾸리기 시작했다. 또 해고였다.

"갑자기 왜 짐을 싸고 그러세요."

이미 모든 상황을 파악했음에도 공허한 질문을 던졌다.

"모르겠어요?"

B 선배가 모든 상황을 파악하고도 머뭇거리는 우리에게 반문했다.


출판계의 열악한 노동조건, 턱없이 낮은 임금, 빈번한 부당해고, 잦은 이직률에 대해서는 입사 전부터 숱한 사연을 접했다. 그렇지만 출근하자마자 해고를 당하거나 퇴근 직전에 해고를 통보받는 상황은 상상조차 하지 못했다. 직원 밥줄을 하루아침에 싹둑 끊어버리는 무정한 사장, 해고가 이루어지는 날에는 절대 출근하지 않는 비겁한 편집장, 종이 나부랭이에 불과한 근로계약서. 막장 해고 드라마를 연출한 주역들 사이에는 조개처럼 입을 꽉 다문 내가 있었다. 나는 이 회사에서 어떻게든 경력을 쌓아 정규직이 되어야만 출판계에 자리 잡을 수 있다는 생각으로 입과 귀와 눈을 봉했다. 연대의식을 꺼내 쓰레기통에 처박았다. 나도 언젠가는 똑같은 방식으로 내쳐지리라는 자명한 현실을 외면했다. 동료 직원이 부당하게 잘린 사건을 통해 사장 부부 눈 밖에 나면 그길로 아웃이라는 교훈을 부당하게 취득했고, 인사권자의 비위를 거스르지 않으려 동료 직원의 어이없는 퇴사 과정에 아무런 이의를 제기하지 않았다. 그 비겁한 행동들이 얼마나 두고두고 나를 옥죄었는지 모른다. 저버릴지언정 저버림받지는 않기 위해 선수 치듯 회사를 그만둘 때까지.

고용 안정성이 취약한 환경에서 일하면 해고 당사자와 나를 분리하려 애쓸 수밖에 없다. 내 밥그릇도 언제 뺏길지 모르니 마음에 여유가 없는 것도 당연하다. 무정해진다. 현실을 부정하고 눈과 귀를 닫는다. 해고를 당한 동료는 해고를 당해도 싼 인간이어야 한다. 조직에 불화를 일으키는 부적응자, 혹은 성과를 내지 못하는 식충이어야 한다. 그런 불명예를 뒤집어씌워야 언젠가는 나도 이유 없이 해고당할지 모른다는 불안감을 잊을 수 있으니까. 나 역시 까딱 잘못하면 해고의 나락으로 떨어지게 된다는 두려움, 그 두려움 때문에 불의를 목격하고도 침묵하는 스스로에 대한 자괴감, 그 과정이 되풀이될수록 점차 무뎌지는 감수성, 늘어나는 냉소. 부당해고는 한 사람의 일자리를 빼앗는 데서 그치지 않고 주변 동료들, 그의 가족과 지인, 나아가 사회 전체를 좀먹는 악랄한 해충이다. 적어도 내가 경험한 바로는 그렇다.

사실 해고를 당하는 이들 대부분은 사 측의 주장처럼 무능력하지 않다. 부당해고를 목격하고도 침묵하는 이들 역시 대부분 불의를 외면할 만큼 부도덕하지 않다. 무능력한 것은 국민의 노동권을 보호하지 못하는 정부요 부도덕한 존재는 직원을 소모품 취급하는 악덕 기업이다. 정부*가 두 팔을 걷어붙이고 노동법의 사각지대에 놓인 사업장 곳곳에 좀약을 살포해도 모자랄 판국인데 기업과 결탁해 저성과자 일반해고제를 도입하겠다니, 정말이지 좀이 웃을 노릇이다.

---

*이 글을 쓴 시점은 박근혜 정부 시절이다.

# 악몽 극장

업무 관계로 극심한 스트레스에 시달렸던 몇 해 전 연말, 2주에 걸쳐 매일같이 악몽을 꾸었다. 매번 다른 소재를 차용해 끔찍한 플롯을 꾸며내는 무의식이 두려울 정도였다.

내 무의식이 악몽 제조기의 플레이 버튼을 누르게 된 계기가 있다. 잦은 특근과 야근으로 몸이 상하고 상스러운 저자를 상대하느라 감정을 더럽히던 어느 추운 겨울밤에 꼴깍 졸도한 것이다. 다행히 방에서 재택근무를 하다 화장실에 가려던 길에 기절해 큰 사고로 이어지지는 않았다. 거실에 오순도순 모여앉아 방송연예대상을 시청하던 가족들이 소스라치게 놀랐을 뿐. 졸도는 처음 겪은 일이었다. 정확하게 기억나지는 않지만, 갑자기 눈앞이 캄캄하다 뿌연 점이 보이는가 싶더니 그대로 고꾸라졌다. 정신을 차렸을 때 하얗게 질린 아빠 얼굴을 보았다. 아빠는 내 이름을 애타게 부르며 어깨를 흔들고 있었다. 나중에 들어보니 쓰러지면서 "너무하네, 정말"이라는 둥 헛소리를 지껄였단다.

다음 날 아침 눈을 뜨자 심한 두통과 메스꺼움이 몰려왔다. 마감이 촌각을 다투는 상황이라 휴가를 쓸 여력이 없어, 두통을 껴안은 채로 출근해 꾸역꾸역 업무를 처리했다. 겨우 20분 정도 짬을 내어 근처 신경정신과에서 진찰을 받았다. 의사 선생님은 이것저것 묻더니 스트레스 탓인 것 같다며 신경안정제를 처방해주었다. 혹시 부작용은 없냐고, 회사원이라서 약 때문에 정신이 흐트러지거나 무기력해지면 곤란하다고 물었더니 푹 자고 적당히 일하면 문제없을 거라는 답이 돌아왔다. 푹 자고 적당히 일할 수 있으면 여기까지 안 왔지요, 라는 말이 목구멍까지 올라왔지만 잠자코 고개를 끄덕였다. 약을 먹고 일주일 정도는 간간이 머리를 퉁퉁 두드리는 두통 외에는 별다른 증세가 없었다. 그런데 약을 다 먹은 뒤로도 며칠이 흐른 어느 날 밤, 악몽이 시작되었다.

매일매일 몸부림치며 꿈에서 깨어나는 과정은 매번 고통스러웠다. 식은땀에 흠뻑 젖은 채, 또는 눈물이 그렁그렁 맺힌 채, 혹은 몸을 괴이하게 구부린 채 꿈에서 깬 현실의 적막한 어둠 속에 내동댕이쳐지는 기분. 또 악몽을 꿀까 두려워 다시 잠을 청할 수도 없었다. 밤마다 이불을 머리끝까지 뒤집어쓰고 눈을 말똥말똥 뜬 채 생각했다.

'억울하다. 왜 내가 나를 괴롭힐까.'

만사의 원인은 죄다 나였다. 무식하게 일하다 졸도한 것도 나, 졸도한 다음 날에도 부리나케 출근해 몸을 혹사한 것도 나, 밤마다 요란한 악몽을 재생해대는 것도 나. 내가 나를 온종일 쫓아다니며 괴롭히는 형국이었다. 그 못된 저자 놈은 분명 요란하게 코를 골며 단잠에 빠져 있을 텐데, 왜 내가 괴로움에 잠 못 이루는지. 깊은 잠을 이루기 위해서는 신경정신과를 다시 찾는 수밖에 없을 듯했다. 하지만 망설여졌다. 악몽에 잘 듣는 약이 있냐 물으면, 그러니까 왜 진즉에 푹 자고 적당히 일하라는 충고를 지키지 않았느냐고 혼날 것 같았다.

어김없이 악몽에서 깨어난 어느 날 새벽, 불을 켜고 노트를 꺼내 방금 꾼 생생한 악몽을 써 내려갔다. 액자식 구성의 독특한 악몽이어서 글감으로 기록해두고 싶었다. 밤새도록 나를 괴롭힌 영상이 펜 끝을 거치자 서너 줄의 짧은 문장으로 바뀌었다. 처음에는 악몽을 눈으로만 읽어도 식은땀이 났지만 반복해서 읽을수록 두려움이 조금씩 무뎌졌다. 악몽은 계속되었고, 글쓰기도 계속되었다. 어떤 때는 피식 웃음이 났다. 이런 B급 호러물의 각본 및 감독을 내가 도맡았다고 생각하니 우스워서. 심지어는 스스로 관객이 되어 혼비백산까지 했다니. 악몽은 백열등 아래에서 조금씩 힘을 잃어갔다.

그렇게 며칠이 흐르고 문득 깨달았다. 악몽을 생산하는 주체가 나라면 악몽을 멈출 열쇠도 내 안에 있을 것이라는 사실을. 그때부터 진지하게 세 번째 퇴사를 고민하기 시작했다. 악몽을 떨치고 깊은 잠을 이루기 위한 최고의 처방이 사표라는 건 이미 내 의식과 무의식 모두 너무나 잘 알고 있었으므로.

◇

# 유니버설 로봇

한낮에는 여전히 더운 바람이 부는 초가을 평일 오후 2시. 반차를 내고 퇴근해 회사 앞 버스정류장에서 151번 버스를 탔다. 몸을 조이는 검은색 원피스를 입은 탓에 높이 솟은 바퀴 좌석에 앉아 있는 내내 움직임이 영 불편했다. 애매하게 구부러뜨린 종아리가 저렸다. 가슴이 빈약하고 하체가 발달한 소음인 체질인 데다 사무실에 온종일 앉아만 있으니 만성적으로 발이 퉁퉁 붓고 다리가 저릿했다. 팔을 뻗어 종아리를 주무르는 사이 목적지에 도착했다. 버스에서 내려 연분홍색 재킷을 걸치며 주변을 두리번거렸다. 한갓진 골목에 살짝 들어가 운동화를 벗고 비닐봉지에 담아 가져온 구두로 갈아 신었다. 여기에서 백 미터 정도 직진하다 왼쪽으로 꺾으면 분홍색 건물이 나온다. 면접이 예정된 출판사다. 구두를 신고 고작 수십 보를 걸었을 뿐인데 벌써 단단해진 종아리를 질질 끌며 면접장을 향해 천천히 움직였다.

세 번째 직장을 떠나기로 마음먹은 이후 틈틈이 구직 사이트를 들락거렸다. 당시 다니던 대학출판사에서는 교직원 수준의 봉급과 복지를 누렸으나, 단행본 출판사로 옮기면 안 그래도 낮은 몸값을 더 화끈하게 낮춰야 했다. 기왕 연봉을 포기할 바에는 이름만 대면 아는 명망 높은 출판사로 옮기고 싶었다. 회사에 열심히 다니면서 원하는 자리가 날 때까지 차분히 기다렸다. 취업 준비생 시절이나 백수 시절 때처럼 묻지 마 지원을 하지 않아도 된다는 사실 하나로도 지난 7년여의 일개미생(生) 헛되지는 않았음을 실감했다.

한 달가량 구직 공고를 꼼꼼히 살핀 끝에 면접을 보기로 결심한 출판사. 원래는 붉은색이었을, 세월의 더께가 쌓여 이제는 분홍빛이 도는 낡은 건물 앞에 섰다. 역사가 오랜 출판사여서인지 외관부터 꽤 보수적인 분위기가 풍겼다. 안으로 들어

가자 한자로 적힌 문패가 나를 맞았다. 編輯部, 營業部…….
2층으로 올라가 會議室에서 면접을 보았다. 실무자인 편집팀
장과의 면접은 순조롭게 진행되었다. 그러나 이어진 임원 면
접은 시작부터 꼬였다. 호호 백발의 회장은 나를 보자마자 인
상을 찡그렸는데, 그 이유를 능히 짐작할 수 있었다. 범인은 미
용실에서 가장 얇은 로트 50개를 말아 완성한 나의 폭탄 머리
였으리라. 회장은 왜 이 회사에서 일하고 싶은지를 묻는 대신,
왜 지금 다니는 회사에서 나오려는 것인지를 꼬치꼬치 캐물었
다. 경력자를 원하면서 충성도를 의심하는 이중적인 잣대에는
익숙했다. 차분하게 준비한 답변을 이어나갔다. 그러나 회장
은 끝내 미간에 움푹 팬 주름을 펴지 않았다.

면접을 마치고 경복궁 방향으로 천천히 걸었다. 운동화로
갈아 신는 것을 깜박해 구두를 신은 채로 또각또각 걸었다. 왼
발, 오른발, 다시 왼발. 기계적으로 발을 땅에 내디디며 방금
끝난 면접의 패인을 곱씹었다. 프로 구직자라면 한자 문패를
봤을 때 기업 분위기를 알아차렸어야지, 이 멍청아. 머리를 손
바닥으로 꾹꾹 누를걸, 하다못해 분홍색 재킷이라도 벗을걸.
후회는 뒤늦게 찾아왔다.

어느새 경복궁역에 도착했다. 모처럼 반차를 낸 김에 프리

랜서 친구와 서촌 데이트를 하기로 미리 약속을 잡아뒀는데, 시간이 남아 근처 카페에 들어갔다. 주변을 산책하며 기다릴까 싶었지만 발이 퉁퉁 붓고 종아리가 저린 탓에 더는 걷기 힘들었다. 목덜미로는 연신 땀이 흘러내렸다. 달달한 커피를 주문하고 가방을 뒤져 운동화를 담은 검정 봉지 아래 깔린 작은 책을 꺼냈다. 체코의 국민작가 카렐 차페크가 1920년 발표한 희곡 〈로숨의 유니버설 로봇〉. 로봇이라는 단어가 바로 이 작품을 통해 탄생했다고 한다. 체코어 'robota(노동, 일하다)'를 변형시켜 고안해낸 단어인 로봇은 말 그대로 인간의 노동을 대체하기 위해 발명된 존재를 의미한다.

희곡의 줄거리는 간단하다. '로숨 유니버설 로봇' 공장에서 대량생산한 산업 로봇이 불티나게 팔려 나가면서 온 세계가 로봇으로 넘실거린다. 인간들은 생명에 집착하지 않는 로봇을 고된 노동 현장과 전쟁터로 내보내 마구 부리며 안락한 생활을 영위한다. 그러다 한 인간 과학자에 의해 로봇이 감정과 욕구를 갖게 되면서 전세가 역전, 궐기한 로봇들에 의해 인류는 학살당하고 만다.

로숨 공장에서 생산된 로봇이 전 세계로 급격히 퍼질 수 있었던 이유는 그것들이 값싸기 때문이다. 지적 수준이 높고 튼튼하며 산뜻하게 옷까지 입힌 로숨 로봇 한 대의 출고가는

120달러에 불과하다. 인간 노동자보다 저렴한 데다 투덜대지 않고 묵묵히 일하는 로봇이 고작 120달러라면, '최소 비용 최대 효율'을 추구하는 사업가들이 로봇을 부리지 않을 이유가 없을 것이다. 로숨은 로봇을 대량생산하기 위해, 즉 '값싼 노동자'로 만들기 위해 불필요한 기능은 모조리 내다 버렸다. 이를테면 분노, 고통, 공포, 애정, 살고자 하는 욕망 같은 감정들. 또 생김새, 표정, 신체 조건, 옷차림 같은 개성들. 동일한 스펙으로 대량생산된 로봇은 '범용'하다는 장점 덕분에 적재적소에서 효율적으로 기능한다. 그러니 값싼 노동자는 단순히 플라스틱 피부와 전류가 흐르는 혈관을 개발하는 과학기술 발전의 산물이 아니다. 값싼 노동자를 만드는 비결은 노동자에게서 쓸모없는 감정과 개성을 효율적으로 제거하는 데 있다.

그날 나는 저릿한 다리를 주무르며 〈로숨의 유니버설 로봇〉을 읽었다. 사용자를 위해 노동하는 인간이, 몸값을 낮추어 이직을 시도하는 인간이, 머리를 바글거리게 파마했다는 이유로 면접관에게 점수를 깎인 인간이, 장시간 앉아 일하면 다리가 저리고 생산성이 떨어지는 참으로 비효율적인 인간이, 체코가 낳은 위대한 인간이 쓴 희곡을 읽었다.

면접 결과는 세 시간 만에 문자로 확인했다. 물론 낙방이었다.

◇

# 개미굴 프렌즈

사복(社福)은 없어도 인복은 있는지, 회사를 옮길 때마다 친구를 사귀었다. 동료 아닌 친구. 수위 조절할 필요 없이 속내를 털어놓을 수 있고, 사무실 밖에서도 기꺼이 만나며, 회사를 안주 삼지 않아도 화젯거리가 풍부한 진짜 친구.

개미굴 친구들은 언제나 나보다 한발 먼저 회사를 그만뒀었다. 뒤집어 말하면 친한 동료의 부재가 머지않아 나의 주된 퇴사 사유가 되고는 했다. 같은 고민을 공유하던 상대가 내린 결정에 마음이 흔들리는 것은 인지상정, 회사에 대한 미련도

확 사라진다. 가까운 동료의 퇴사에 마음이 흔들릴 때면 역시 인간에게 중요한 건 돈도 명예도 아니요 인간이라는 생각이 든다. 그러니까 한마디로 마음이 잘 맞는 동료는 일개미의 아편이다. 이 죽일 놈의 회사를 다닐 만한 곳으로 둔갑시키니까. 또는 그럭저럭 다닐 만했던 회사를 일분일초도 견딜 수 없는 곳으로 전락시키니까.

　세 번째 직장에서 친해진 속 깊은 회사 친구가 있다. 우리는 제법 우아하고 고상한 우정을 나누었다. 예컨대 팀장에게 부당한 사유로 가루가 되도록 까였을 때, 남들처럼 점심시간 동안 밥알은 씹는 둥 마는 둥 기승전결에 맞춰 급박하게 상사 욕을 쏟아내는 행위는 하지 않았다. 그 대신 우리는 컨트롤비트를 다운받은 래퍼처럼 프리스타일 랩을 읊조렸다.

Yo 누가 말했지 신입은 벙어리 3년 귀머거리 3년 like 며느리
하지만 난 누군가의 며느리가 되긴 아직 어리리
오늘 말하려고 해 이건 오직 너를 향한 래핑
Yo 넌 말했지 내 타이핑 소리 시끄러워 키보드를 바꿔
그렇게 말하는 네 시끄러운 주둥이나 바꿔 (huh)
내겐 없지 너를 향한 respect 이것이 바로 fact
compact를 아무리 발라봐도 지워지지 않는 네 심술

네 주특기 소문내기 재 뿌리기 말 만들기
매일같이 발행되는 너란 〈우먼센스〉
하지만 네겐 없지 common sense
넌 사무실의 gossip girl 매일 소문 날러 xoxo
마치 Exo처럼 넌 으르렁 으르렁 으르렁대
but I don't give up fu**!

물론 창의적인 남 걱정에만 몰두한 건 결코 아니다. 우리는 금방 따낸 돌 온기에 입을 닦는 성북동 비둘기처럼 힘들 때 서로 열심히 격려하며, 잘 모르는 건 서로 열심히 묻고 배워가며 직무 역량 향상에도 힘썼다. 저자에게 띄우는 메일의 읍소체가 적절한지 검토를 요청하거나, 사고를 쳤을 때 그것이 이실직고해야 할 수준인지 내 선에서 덮어도 되는 수준인지 미리 가늠했다. 또한 신입이자 계약직 신분으로서 정보 소외 계층이었던 우리는 각자 귀동냥으로 얻어낸 뜨내기 정보들을 짜맞춰 훗날을 도모하기도 했다. 뛰어봤자 벼룩이었지만. 업무 스트레스에 대처하는 자세도 어느 정도 해학미가 있었다. 회사 생활에서 얻은 치명상을 창작의 원천으로 삼아 일개미 문학 장르를 개척해 초단편소설을 써서 돌려 읽었으니까. 분노를 창작 행위로 가라앉히다니, 숭고하다! 심지어 각종 업무 스

매일같이 발행되는 너란 우먼 센스

하지만 네겐 없지 ⸚ Common Sense ⸚

🍤 마음이 잘 맞는 동료는 일개미의 아편이다

트레스와 사내의 사건 사고를 고찰하여 직장인을 위한 단행본 기획에 힘썼다. 〈천 번은 흔들려야 과장이 된다〉, 〈말단사원의 독설〉, 〈아부 천재가 된 홍대리〉 등등. 물론 실제로 상사에게 기획안을 올릴 용기는 없었다. 각자 반차를 내고 시간차로 사무실을 빠져나가 미술관에 놀러 갔던 것도 결단코 땡땡이를 친 게 아니라 문화계 동향을 파악하려는 의도였다. 편집자로서의 직업의식을 십분 발휘했다고나 할까. 밤에는 술집과 번화가를 찾았다. 책 만드는 사람으로서 서브컬처 트렌드를 놓칠 수 없었기 때문이다.

여러모로 회사 생활의 힘이 되어주던 친구는 내가 전적으로 공감하는 이유로 나보다 먼저 개미굴을 떠났다. 친구의 빈자리는 블랙홀만큼 컸지만 그 구멍을 매일 들여다보면서도 1년 넘게 회사 생활을 버텼다. 가까운 이의 결정에 동요하지 않고 삶의 중심을 잘 지켜낼 만큼 내 자아가 성숙했기 때문이었을까? 잘 모르겠다. 어쩌면 감정적인 요인보다는 경제적인 요인이 내 삶의 중심을 차지하게 된 것은 아닐까.

**딸
기
케
이
크**

"삼, 삼만 오천 원짜리로 주세요."

홍대 앞에서 가장 유명하다는 딸기 케이크 가게 쇼윈도 앞
에서 한참을 망설이다 내뱉은 주문의 말.

세 번째 직장을 그만두고 백수 2기에 돌입했던 2년 전 여
름의 일이다. 폭염이 연일 기승을 부리던 8월의 한낮. 연신 부
채를 팔랑팔랑 부치며 홍대 앞에 도착했다. 예전에 알고 지냈
던 출판사 대표에게 오랜만에 연락이 와 그의 사무실에서 만나

기로 약속을 잡았기 때문이다. 문득 안부가 궁금했다고, 지금 새로운 일을 준비하는데 내 도움을 구하고 싶다고, 얼굴을 맞대고 이야기를 나누자고. 그를 인간적으로는 그다지 존경하지 않아서 망설이고 미적거리다 마지못해 전화를 받았으면서 막상 대표가 '일' 이야기를 꺼내자 귀가 솔깃했다. 나는 백수. 용돈 벌이가 필요한 백수. 일전에도 그에게 몇 번 일감을 받아서 용돈을 번 적이 있었다. 시세보다 조금 낮은 가격에 부림을 당하기는 했어도 정산만큼은 제때 꼬박꼬박 이루어졌다. 200만 원짜리 프로젝트를 통으로 맡은 적도 있다. 그 일을 마치는 데 꼬박 6개월이 걸렸으니 월급으로 따지면 최저 시급에도 한창 못 미쳤지만. 하여간, 다만 몇 푼이 아쉬운 상황이니 작은 일이라도 주면 날름 받아야지. 흑심을 품고 약속 장소로 향했다.

사무실을 방문하는데 빈손으로 가기 뭣하다는 생각이 퍼뜩 스쳤다. 뼛속까지 스민 '방문 예절' 탓이기도 하고, 새로운 일을 벌이는데 내 얼굴을 떠올려준 것도 고맙고, 앞으로 가뭄의 단비 같은 이러저러한 일감을 내게 던져줄지도 모르는 사람이니 잘 보여야겠다는 생각도 슬쩍 끼어들었다. 꽃다발을 사 갈까, 마카롱을 사 갈까, 커피 원두를 사 갈까 고민하다 케이크로 결정했다. 보기에 예쁘고 맛도 좋으며 여덟 명 남짓한 직원들이 함께 나누어 먹기도 알맞을 테니 사무실 방문 선물로 적당했다. 기왕이면 빛나는 센스를 함께 뽐내고 싶어 요즘 홍대 앞에서 제일 '잇'한 케이크가 뭔지 검색해 땀을 뻘뻘 흘리며 홍대 앞까지 걸어가 딸기 케이크 가게 쇼윈도 앞에 선 것이다.

보들보들 하얀 생크림 위에 동그랗게 콕콕 박힌 먹음직스러운 생딸기. 선물하기 딱 좋은 아름다운 모양새에 흡족해하며 가격표를 읽었다. 꽥. 1호 사이즈가 2만 4천 원, 2호 사이즈가 3만 5천 원이나 했다. 대기업 프랜차이즈 빵집에서 2만 원 안짝인 케이크만 사본 터라 예상외로 비싼 가격에 당황했다. 1호는 나 혼자서 10분이면 다 퍼먹을 수 있을 것 같았다. 못해도 2호는 사야 할 것 같은데, 세상에 3만 5천 원이라니. 인간적으로 그리 좋아하지 않는 사람에게 선물하기에는 지나치게 과분하지 않은가. 하지만 어쩔 수 없다. 눈을 질끈 감고 주문하는 수밖에. 초가 몇 개 필요하냐 묻기에 필요치 않다고 답했다. 플라스틱 포크는 몇 개 넣어드릴까 묻기에 열 개를 달라고 부탁했다. 혹시 한 조각 잘라줄지 모르니 내 몫의 포크까지 챙겼다.

딸기 케이크가 그 예쁜 모양을 온전히 유지하도록 온 신경을 양손에 모으고 조심조심 걸었다. 부채질로 식히지 못한 땀이 연신 이마를 타고 흘렀다. 1킬로미터를 종종 걸어 겨우 도착한 사무실.

"뭘 이런 걸 다……."

대표는 빨간 리본을 곱게 매단 케이크 상자를 받아 들더니 자세히 살펴보지도 않고 무심히 냉장고에 넣었다. 뒤이어 이어진 대화는 별 소득 없이 끝났다. 대표가 준비하는 새로운 일은 중국어 교재 사업이었고, 중문학과 대학 교재를 만든 경력이 있는 내 인맥에 기대 교재를 집필할 저자를 소개받으려는 속셈으로 나를 부른 것이었다. 그만한 도움을 구하고 싶으면 적어도 본인이 내가 사는 동네로 오는 성의는 보였어야지, 왜 나를 자기 사무실까지 불러서는 케이크 한 조각 잘라주지 않고 본인의 목적을 이루려 하나. 역시 인간적으로 이 인간은 참 별로라니까, 속으로 툴툴거리며 대표의 집요한 질문을 요리조리 피했다.

결국 나를 활용해 저자를 구해보려던 대표의 목적도, 대표를 이용해 용돈 벌이를 하려던 나의 목적도 성사되지 않았다. 그래도 대표에게는 먹음직스러운 딸기 케이크가 남은 반면 나는 손에 쥔 것 하나 없이 집으로 터덜터덜 돌아가는 처지. 왠지 억울한 기분이 들었다. 억울한 한 걸음 한 걸음을 떼다 방향을 홱 틀어 아까 그 케이크 가게로 행선지를 바꾸었다. 에잇, 그 유우명하다는 딸기 케이크 어디 맛 좀 보자! 부채를 팔랑팔랑 부치며 1킬로미터를 되짚어 케이크 쇼케이스 앞에 다시 섰다. 여전히 먹음직스러운 모습으로 나를 맞이하는 딸기 케이크. 몇 년을 벌었는데 이깟 케이크 한 판 사먹지 못하랴. 별로 좋아하지 않는 사람에게도 사다 바친 케이크를 사랑하는 우리 가족을 위해서 사 가지 못하랴.

　"삼만 오천 원짜리로 하나 주세요. 초랑 포크는 필요 없어요."

　축하할 일이라고는 하나도 없는데 케이크값으로 7만 원을 지출한 이상한 하루는 그렇게 끝났다.

# 왜 이럴까

## 나는 왜 이럴까

유치원 시절부터 몸에 익힌 사회화 덕분에 조직 생활에 잘 적응하지 못하는 모난 성격을 그럭저럭 감추며 살아왔다. 하지만 천성은 문으로 내쫓으면 창문으로 들어오는 법. 무심결에 튀어나오는 비사회적인 행동으로 인해 상대방도 나도 당황스러운 순간을 종종 겪는다.

선배 동료들과 함께 점심을 먹기 위해 사무실을 나선다. 늘 그렇듯 엘리베이터 안에서부터 메뉴 선정을 위한 치열한 토론이 벌어진다.

"카레?"

"알밥?"

"함박스테이크는 어때?"

"좋아요."

"좋죠."

"콜!"

그런데 나는 함박스테이크가 싫다. 오늘따라 왠지 정말로 진짜로 먹기가 싫다. 데미글라스 소스를 떠올리니 속이 메슥거릴 지경이다. 이런 상황에서 사회화된 일개미의 처신은 뭘까.

1안: "아이쿠, 어제 저녁에 제가 함박스테이크를 먹었지 뭐예요. 오늘은 돈가스 어때요?"

2안: "아 참, 저는 볼일이 있어서요. 따로 먹을게요."

3안: 닥치고 먹기.

하지만 나는 이렇게 말했다.

"함박스테이크요? 그럼 전 빠지겠습니다."

또 하루는 외주업체 담당자와 업무 관련 긴 통화를 했다.

그 전날 처음으로 얼굴을 맞대고 통성명을 한지라 수화기 너머 담당자는 무슨 말이든 꺼내 어제 만남의 반가움을 표현하고 싶었던 것 같다. 통화 말미에 "어제 보니까 손연재를 닮으셨더라고요. 호호" 하며 슬쩍 덕담(아니 농담)을 흘렸다. 체조 요정과는 성별 말고는 닮은 게 없으니 그저 적당히 웃고 넘기면 그만인 가벼운 인사치레였건만, 나는 몹시 당황한 나머지 정색하고 이렇게 대꾸했다.

"아닌데요. 그런 말씀 남들이 들으면 큰일 납니다."

그러고는 후다닥 전화를 끊었다. 잠시 뒤, 등 뒤로 다가와 낮은 목소리로 신규 업체와 트러블이 있느냐 묻는 팀장에게 진땀을 흘리며 자초지종을 해명했다.

대체 왜 이러는 걸까. 타고난 천성이 이 지경인데도 조직 생활을 7년씩이나 지속했다니 믿을 수 없다.

늦잠을 자버려 지각이 불가피한 아침. 우사인 볼트로 빙의해 미친 듯이 뜀박질한 덕에 8시 58분에 출근 카드를 찍는 데 성공했다. 2분만 늦었어도 근태 점수를 깎였다고 생각하니 이상야릇한 승리감이 차올랐다. 휴우, 해냈다. 자리에 앉아 조금 전 승리를 곱씹으며 숨을 골랐다. 이 지경으로 숨이 차는 걸 보면 평소 주력보다 훨씬 강력한 스피드를 발휘한 것이 분명했다. 호기심이 발동해 지도 앱을 켜고 집에서 회사까지 거리를 검색했다. 약 2킬로미터. 대문을 걸어 잠근 시각이 오전 8시 40분이니까, 단 18분 만에 2킬로미터를 주파한 셈이다. 왠지 의기 양양한 기분으로 내친김에 펜을 들어 눈앞에 굴러다니는 종이에 시속을 계산해보았다. 6.7킬로미터. 엥? 한 시간에 고작 6킬로미터라니, 이상하다? 숨이 턱 막힐 정도로 내달린 것 치고는 그리 빠르지 않은 속도다. 이 속도로 서울에서 부산까지 달린다고 치면 무려 64시간이 걸린다. 정확한 판단을 위해 고등학생 시절 100미터 기록인 22초를 대입해 비교해보기로 했다. 100미터를 22초로 주파할 때 시속은 16.2킬로미터. 이 속도로 달리면 27시간 만에 부산에 도착한다. 역시 아침 출근길에 죽자사자 내달린 나는 전혀 빠르지 않았다.

이 에피소드의 공식적인 교훈은 '집에서 5분만 일찍 나오자'일 테다. 속내를 들추자면 회사원으로서 단 한 차례의 지각도 기록한 적 없는 내가 왜 갑자기 꿈지럭거렸는가를 따져봐야 하는데, 그걸 셈하기 시작하면 삶이 복잡해지므로 간단한 산수 놀이로 심신을 달래본 것이다.

회사를 네 번 옮기면서 매번 경력을 리셋하다 보니 본의 아니게 신입 노릇도 네 번을 했다. 옛 직장 동료들은 이미 대리를 달고 귀여운 후배들을 주렁주렁 거느리고 있건만, 나는 여전히 노래방에서 탬버린을 흔들며 분위기를 띄우고 매달 영수증에 풀칠을 한다. 막내 노릇이 딱히 하기 싫은 건 아니지만, 가끔 선배들이 본인들은 지우개로 싹싹 지운 지 오래인 신입의 미덕을 들먹일 때면 얄미운 마음이 든다.

회사에 한바탕 인사이동 바람이 불었다. 평소 친하게 지내던 A 선배가 우리 팀으로 오게 되었고, 다음 날부터 비어 있는 책상을 사용하기로 했다. 다음 날은 조금 일찍 출근해서 A 선배 짐 옮기는 것도 도와드리고 두 팔 벌려 환영해드리리라 생각하던 차에 우리 팀 B 선배가 나를 불러 이렇게 말했다.

"A 선배가 쓸 책상 걸레질 좀 해요."

너무나 당황스러웠다. 아니 그걸 왜 나한테 시킵니까. 지저분한 걸 보셨으면 선배가 직접 치우면 되죠, 라는 항변 대신, 알겠다는 건지 반문하는 건지 애매모호한 "네에↗"가 입에서 튀어나왔다. 굳은 표정으로 B 선배가 자리로 돌아가고, 이내 휴대전화 문자 알림이 울렸다.

「휴게실에서 좀 보죠.」

B 선배였다. 중2 때 등나무 교실로 끌려 나가본 이후로 선배한테 불려 나가본 건 처음이었다. B 선배는 이 말을 할까 말까 몇 번을 망설였다며 운을 뗐다. 할까 말까 고민되는 말은 좀 하지 않으면 좋으련만. 아무튼 비난의 요점을 파악해보니, 막내답게 알아서 선배들을 살뜰히 챙겼으면 좋겠다는 것. 자발적으로 일하지 않고 주어진 업무만 하려는 경향이 있다는 평가도 곁들여졌다. 더러운 줄도 몰랐던 남의 책상 걸레질을 내가 안 했다는 이유로 감내하기에는 다소 가혹한 지적이 아

니었나 싶다.

그간 팀 내의 온갖 자질구레한 일들을 묵묵히 도맡아왔던 터다. 반골 기질이 있는 것도 아니요 하극상을 펼친 적도 없다. 성격상 까불거리며 사무실 분위기를 띄우거나 책상에 쌓인 먼지까지 신경 쓸 만큼 선배에게 살갑게 굴지는 못했을지언정, 밀폐된 공간으로 끌려가 불의의 일격을 당할 잘못은 저지르지 않았다는 결론이다.

지렁이도 밟으면 꿈틀하고, 먹을 때는 개도 안 건드리는 법이다. 왠지 핵심을 묘하게 비껴간 비유를 댄 것 같은데, 요는 개든 지렁이든 이것만은 절대 못 참는 지점이 있다는 거다. 나에게도 무리 생활을 하며 하나둘씩 추가해온 '못 참아 목록'이 있다. 그 목록에 따르면 자신이 원하는 대로 행동하지 않았다는 이유로 상대방을 힐난하는 건 월권이다. 참을 수 없다.

'어떤 의미로 하신 말씀인지 알겠다. 막내로서의 역할은 나도 고민했던 부분이다. 그렇지만 선배가 바라는 행동까지는 할 수가 없다. 하지만 노력하겠다. 그러나 당장 걸레질은 안 한다. 그것이 후배 된 도리라는 생각이 들지 않기도 하거니와 A 선배도 불편해할 것 같다. 그렇지만 A 선배가 퇴근한 이후라면 한번 시도해보겠다. 앞으로는 작은 행동까지 더 신경 쓰겠

다. 좋은 지적 감사하다.'

어떻게든 트러블을 피해야 한다는 생각과 그래도 할 말은 해야겠다는 고지식함이 뒤엉켜 헛말이 자꾸 튀어나와 망한 줄 알았는데 다행히 상황은 적당히 수습되었다. 여전히 떨떠름한 B 선배의 표정은 못 본 척했다. 입사일이 좀 다르면 어떠랴, 어차피 똑같이 가련한 월급쟁이 처지 아닌가. 책상을 누가 치우면 또 어떻고. 물 따르고 수저를 세팅하고 회식 장소 예약하고 먼저 인사를 건네고 말고가 왜 꼭 나이 오름차순으로 정렬되어야 마땅한 역할인지 모르겠다. 상대를 배려하는 행동은 누구나 자연스레 해낼 수 있는 건데.

며칠 뒤 워크숍에서 한방을 쓰게 된 선배는 "그러니까, 더 잘하라고요"라고 내게 다섯 번이나 더 말했다.

교재 앞표지에 오타를 내는 대형 사고를 쳤다.《기초한자》교
재인데 표지에 '한자'의 '글자 자(字)'가 '아들 자(子)'로 인쇄
된 것이다. 차라리 '기조한자'나 '기초하자'처럼 한글에서 오
타를 냈다면 모를까. 글자 자와 아들 자도 구분 못하는 교재
로 어떻게 학생들에게 한문의 기초를 다지라고 권할 수 있겠
는가. 모체 대학의 권위마저 떨어뜨릴 수 있는 실로 치명적인
실수이자 공들여 쌓은 편집 경력에 거대한 오점으로 남을 최
악의 사고였다. 표지를 열 번도 넘게 확인했는데 어째서 훌러

덩 벗겨진 갓머리를 발견하지 못했는지 도무지 이해할 수 없었다. 아무래도 오타 악마에게 홀린 모양이었다. 눈을 비비며 내 실수를 몇 번이고 재확인하는 사이 등줄기로 식은땀이 비 오듯 흘러내렸다.

하얗게 질린 얼굴로 팀장에게 가 머리를 조아린 채 상황을 보고했다. 팀장은 순식간에 누렇게 뜬 얼굴로 원장실로 직행했다. 원장의 처분을 기다리는 동안 머릿속으로 온갖 잡생각이 휘몰아쳤다. 두 눈을 파버리고 싶다는 생각 반, 억울하고 원통하다는 생각 반. 어떤 고난과 역경 속에서 업무를 진행했든 간에 편집 사고의 책임은 담당자의 몫이다. 그렇기에 팀장을 향해 깊숙이 머리를 조아렸지만, 왠지 덫에 빠진 기분이 드는 것도 사실이었다. 회사의 인력 절감과 비용 절감 요구에 부응해 주말이고 저녁이고 반납한 채 부족한 시간과 비용을 맨몸으로 때워 겨우 업무를 완수했는데, 그놈의 갓머리 하나가 벗겨지는 바람에 공든 탑이 와르르 무너졌으니.

'안 되겠어. 파멸 버튼을 눌러야겠다.'

그렇다. 파멸 버튼이다. 첫 회사에서 쓴맛, 매운맛, 눈물 맛을 본 이후로 내 머릿속에는 파멸 버튼이란 가상 장치가 들어

앉았다. 그걸 누르면 어떻게 되는가 하면, 나는 즉시 휴먼굴림체로 사표를 쓰고 회사를 뛰쳐나와 예금을 몽땅 인출해 여행을 즐기고 원 없이 놀다가 통장 잔고가 0원이 되는 동시에 파멸한다. 실제로 파멸을 감행한 적은 없지만 머릿속으로는 수백 번도 넘게 이 파멸 버튼에 손가락을 댔다가 뗐다. 기억을 더듬어 통계를 내보자면, 파멸 버튼을 누르고픈 유혹이 가장 강렬히 타오르는 순간은 육체적으로 힘들 때보다는 심리적 압박감을 느낄 때였다. 사고를 치고 처분을 기다리는 순간처럼 말이다.

담당 저자에게 머리를 조아리는 내 모습을 상상하니 소름이 돋았다. 왜 하필 자비라고는 모르는 냉랭한 저자의 책에서 사고가 터졌을까. 그의 차갑고 구구절절 옳을 비아냥거림이 벌써 귓속으로 파고드는 듯했다. 에잇, 누르자. 깔끔하게 관두고 파멸하자. 사고 수습일랑 누가 하든지 말든지 냅다 도망쳐버리자.

다행인지 불행인지 파멸 버튼에 손가락을 갖다 대기 직전에 원장이 나를 불렀다. 머리를 조아리고 원장실에 입실해 따끔한 질책 몇 마디를 들은 후 사고 수습책을 논의했다. 스티커를 만들어 오타 위에 붙이기로 하고 사건은 일단락되었다. 사고 수습을 위해 여기저기 전화를 돌리고 파주 물류 창고로 날아가 스티커 8천 장을 붙이는 사이에 손가락은 파멸 버튼

파멸이냐, 환멸이냐, 그것이 문제로다

에서 점점 멀어졌다. 그때 파멸 버튼을 눌렀으면 어떻게 됐을까? 한숨을 돌리고서 다시 던진 질문에 대한 답은 물론, 누르지 말자였다. 고작 갓머리 하나 때문에 파멸하다니 너무 가혹하지 않은가.

## 주중개미와
## 주말개미의 온도차

흥미로운 심리 실험이 있다. 학습 능력이 비슷한 사람들을 모아 두 그룹으로 나눈다. 그들을 한 방에 집어넣은 뒤 A 그룹에게는 쿠키를 주고, B 그룹에게는 무를 준다. A 그룹이 달콤한 쿠키를 첩첩 먹어 치우고 B 그룹이 아릿한 무를 꾸역꾸역 먹어 치울 때까지 기다렸다가 접시를 치우고 어려운 수학 문제를 낸다. 실험 결과는 어떨까? B 그룹이 A 그룹보다 훨씬 빨리 수학 문제 풀이를 포기했다. 왜일까? 심리학자들의 해석에 따르면, 이미 맛없는 무를 억지로 먹는 데 그들이 가진 집중력과 끈기를 다 써버렸기 때문이라고 한다.

주말마다 텔레비전과 스마트폰을 옆에 끼고 하루 온종일 뒹구는 건 내가 유난히 게을러서가 아니라 주중에 회사에서 배 터지게 먹어 치운 무를 소화하느라 그렇다는 얘기다.

# 3장

# 소띠 미혼녀의 사생활

"미안한데, 나는 먼저 갈 테니까,
김지영 씨, 이거 다 마셔야 된다!"

—소설 《82년생 김지영》 중에서—

## 여자애
## 연기없는
## 인기

하루는 하도 일이 안 풀려서 용하다는 점집을 찾았다. 안정적인 직장이라고 생각해 회사를 옮겼는데 1년 만에 잘릴 처지가 됐을 무렵이다. 회사 문제로 수심이 가득 찬 얼굴로 내가 건넨 사주를 받아 든 역술가 아저씨의 첫마디.

"그런데 남자는 왜 안 만나는 거예요?"

순간 가슴이 철렁했다. 아니, 밥벌이 걱정에 치여 마음속 깊이 은밀히 감춰놓았던 근본적인 초조함이 간파당한 것인가. 이분은 고수로구나. 아니지, 그게 문제가 아니라 내가 198×년

×월 ×일 오전 ×시에 태어난 관계로 평생을 연애 고자로 살게 될 숙명을 짊어진 거라면? 순식간에 어두워진 내 표정을 살피던 아저씨는 펜과 종이를 꺼내더니 커다란 바구니에 사과를 잔뜩 그려 넣었다.

"자, 보세요. 손님 사주에 남자가 사과만큼 있다면, 지금껏 이 많은 걸 다 썩힌 셈이에요."

그리고는 혀를 쯧쯧 찼다. 남자 복이 많은 사주인데 십분 활용하지는 못할망정 스스로 복을 걷어차고 있다는 설명과 함께. 일이 잘 안 풀리고 매사에 무기력한 것도 다 음양의 조화가 깨져서 그렇단다.

인정하기 괴롭지만 나는 대체로 인기가 없는 편이다. '대체로'라는 쿨하지 못한 단서를 붙인 까닭은 인기가 애매하게 없기 때문인데, 달리 표현하자면 남녀 사이에 정분이 나게 마련인 상황에서는 아무도 나를 짝사랑의 대상으로 선택하지 않는다. 예컨대 같은 반, 같은 동아리, 같은 학원, 같은 사무실처럼 한 공간에 남녀가 적절한 비율로 섞인 일상의 풍경 속에서 내게 연애 감정을 느끼는 이성이 없다는 말이다. 이제껏 내게 대시해온 남자는 맞은편에서 걸어오던 행인이라든가, 오며 가며 눈이나 몇 번 마주친 게 다인 남학생, 서로 아는 건 이름하고 학번뿐인 낯선 선배, 아르바이트하던 가게의 손님 등 대부분

무명씨였다. 참 이상한 일이다. 왜 나는 알고 지내던 남자애가 어느 날 "너랑은 친구 하기 싫어"라고 수줍게 고백해온다든지 회사 선배가 부쩍 늦은 밤 전화를 거는 일이 잦아진다든지 하는 장면의 주인공이 될 수 없는 걸까.

20대 후반에 접어든 뒤부터는 줄곧 이를 심각한 문제로 인식해왔다. 가물에 콩 나듯 눈먼 사내들이 나타나준 덕분에 그럭저럭 데이트 상대를 만들었다지만, 무명씨와의 만남은 짧은 인연만큼이나 짤막하게 끝나곤 했다. 일상에서 연애 감정을 불러일으킬 수 없는 존재라는 건, 무리 생활에서 짝을 구할 수 없다는 의미다. 짝짓기와 종족 번식이 지상 과제인 자연의 일부로 태어난 이에게 이보다 더 치명적인 약점이 있을까.

회사 걱정일랑 말고 연애나 실컷 하라는 조언에 3만 원을 지불하고 점집을 나서며 내 사과를 좀먹은 벌레에 대해 한참을 생각했다. 아니 그 전에, 내 인생에 사과가 그렇게나 많았다고?

"너 몰랐어? 그때 ○○이는 ××오빠랑 잠깐 만났고, △△언니는 ㅁㅁ랑 술 먹고 키스까지 했잖아."

소속된 무리의 남녀상열지사를 나만 모르고 있다가 뒤늦게 접하고는 놀라 자빠질 뻔했던 경험들이 떠올랐다. 아니, 다들, 대관절, 언제들? 그러고 보니 애인이 아닌 존재와 슬쩍 손을 맞잡고 샛길로 빠져 애정 행각을 벌일 수도 있다는 점을 생각지도 않고 살아왔던 거다. 친구는 친구, 동료는 동료, 선배는 선배, 애인만 애인인 줄 알았다. 아뿔싸, 주변 남자를 맨 아니면 휴먼으로 분류하는 중차대한 실수를 저질러왔구나. 팀별 과제를 준비하면서, 낯선 여행지에서, 회사 일로 여기저기 다니면서 꽤 괜찮은 사람들과 좋은 관계를 맺어왔는데. 그 가운데 한두 명쯤은 사랑과 우정의 중간 지대에 놓고 고민해볼 수도 있었을 텐데, 시간을 되돌릴 수 있다면 삼신할미가 내 인생 바구니에 잔뜩 담아준 사과를 한 알도 남기지 않고 맛있게 먹어 치울 텐데, 이젠 주변을 아무리 둘러봐도 사과는커녕 모과나 자몽 한 알 없다.

# 소개팅의 정석

주 40시간을 한 공간에 처박혀 있는 사무직 일개미가 자력으로 연애 대상을 물색하기란 쉽지 않다. 이를테면 회사에서 나의 성적 취향에 따라 이상형 월드컵을 해본다고 가정하자. 우선 기혼자는 제외하고, 애인 있는 사람도 제외하고, 곰 닮은 남자를 찾으면…… 내 이럴 줄 알았지. 한 명도 없다!

한마디로 결혼 적령기인데 싱글이면서 내 취향인 이성을 개미굴에서 포착할 확률은 히말라야 정상의 산소만큼이나 희박하다. 이미 '훈남 조혼의 법칙'이 한차례 회사를 휩쓸었기 때문이다. 물론 원시 지구에서 최초의 생명체가 탄생할 확률로 옆 부서에 매력적인 싱글 남성이 입사할 수도 있다. 심지어 그가 내게 호감을 느낄지도 모른다. 하지만 큐피드와 삼신할미가 동시에 내 편이 되어준다 한들, 성적 긴장감이라곤 개미 눈곱만큼도 감돌지 않는 사무실에서 무슨 수로 메마른 가슴에 부싯돌을 당겨 사랑을 활활 불태우겠는가. 가십거리를 못 찾아 안달 난 직장 동료들의 집요한 시선을 피해가면서 말이다.

뭐, 그럼에도 불구하고 사내 커플은 꽤 많다. 회사 동료와 야릇한 감정에 빠지는 상상을 하지 못하는 건 나뿐일지도. 동호회나 봉사활동처럼 외부 활동을 하면서 인연이 닿는 경우도 부지기수다. 지나치게 낯을 가리는 내 성격이 문제일지도. 하여간 이런저런 이유로, 회사에 다니기 시작한 시점부터 연애를 온전히 소개팅에 의존하게 되어버렸다.


생면부지의 이성을 만나기 위해 공들여 화장하고 머리를 매만지고 원피스를 입는다. 일상의 찌든 때를 씻어내고 매끈하게 정돈된 나를 마주할 때의 두근거림을 즐긴다. 이번에야 말로 로맨스가 펼쳐질 것 같은 예감. 그간 구석에 처박아둔 페로몬을 야무지게 발사하겠노라는 다짐. 그러다 문득, 불쾌함이 고개를 쳐든다. 머리부터 발끝까지 몽땅 거짓부렁이라는 걸 알기 때문이다. 오직 소개팅용으로 구입한 파스텔 톤 원피스와 뾰족구두, 평소보다 과한 분칠과 진한 립스틱으로 무장한 내 꼴이 꼭 공작 깃털을 주워 제 몸을 치장한 못난 까마귀 같다.

분명 매번 다른 사람과 만나는데 대화는 늘 비슷한 패턴으로 이어진다. 뭐 먹을까요? 파스타 어떠세요? 취미가 뭐예요? 전공은 뭐죠? 주말은 어떻게 보내요? 혈액형이 뭐예요? 한번 맞혀볼까요? 생일은 언제예요? 별자리는? 가족 관계가 어떻게 되죠? 그 영화 봤어요? 그 기사 읽었어요? 회사는 어때요? 일 재밌어요? 야근 많이 해요? 여름휴가는 어디로 가죠? 여행 좋아해요? 어디 어디 가봤어요? …… 그만 일어날까요?

예전에는 물과 기름처럼 잘 섞이지 않는 사람하고도 잘만 사귀었으면서 오늘 처음 본 이 사람하고는 이렇게 달라서야 안 되겠다고 단정한다. 취미가 안 맞아 곤란하고, 자꾸 맞춤법을 틀려 별로고, 활동적이라 피곤할 것 같고, 내성적이라 친해지기 어렵고, 회사 일이 바빠 데이트할 시간도 없을 것 같고, 등등.

소개팅의 결론은 연인 아니면 남이므로, 남이 될 사람에게 소중한 주말을 지속적으로 투자할 수가 없으므로, 단기간에 상대방의 일생을 들여다보고 성격과 성향을 잽싸게 파악해야 한다는 점이 매번 걸림돌이다. 친구였다면, 천천히 알아가도 좋을 사이였다면 신경 쓰지 않았을 작은 단점까지도 일일이 후벼 파서 들여다보고 점수를 매긴다. 내가 뭐라고 타인을 이리저리 재고 있느냐는 사실에 괴롭다가 저 자식은 또 뭐라고 나를 요리조리 평가하고 있는지 짜증이 난다. 이런 인위적인 만남은 이번으로 정말 끝이다, 차라리 사랑의 헌터가 되어 길거리를 헤매리라 마음먹지만, "소개팅할래?"라는 질문의 정답은 언제나 "그래".

어쩌면 정말로 진짜 마로니에공원 입구나 광화문 이탈리안 레스토랑 창가 좌석에서 운명의 상대를 만날지도 모르니까.

## 앨리스
## 불안한 나라의

택시를 그리 선호하지 않는다. 웬만한 거리는 걸어 다니는 편이고 멀리 이동할 때는 버스나 지하철을 이용한다. 택시를 즐겨 타지 않는 까닭은 물론 대중교통에 비해 상대적으로 비싼 요금도 한몫 차지하지만, 그보다는 그동안 겪었던 썩 좋지 않은 경험들 탓이 크다. 기사님과 원치 않는 정치 토크를 나누게 되는 경우가 가장 빈번하고도 곤란한 사례. 기사님이 주행을 방해한 차량을 향해 분이 풀릴 때까지 욕지거리를 대방출하는 바람에 깜짝 놀란 적도 여러 번 있다. 또 언젠가는 내부를 마치 투 도어 스포츠카처럼 개조한 택시에 탔다. 질주 본능에 사로잡힌 젊은 기사는 서울에서 부산까지 두 시간 반이면 충분히 주파한다면서 본인의 실력을 동부간선도로에서 증명했다. 정말이지 몸소 체험하고도 믿기 힘든 스피드였다. 택시에서 내리자 다리가 후들거릴 정도였으니까.

안전하고 편안했던 기억보다는 괴롭고 무서웠던 기억이 훨씬 깊숙이 각인된 탓에, 실제로는 친절하고 상식적인 기사님의 비율이 훨씬 높을지라도 택시 타기를 꺼리게 되었다. 개인적으로 겪은 사소한 경험 외에도 뉴스를 종종 장식하는 성범죄와 강도 사건들이 나를 한층 움츠러들게 만들었다. 조심해서 나쁠 것 없지 않은가. 성범죄 피해 여성들은 대부분 '그러니까 좀 조심하지 그랬냐'라는 비난 조의 폭언을 듣는다. 교통사고를 당한 이에게 '그러니까 그 길로 가지 말지 그랬냐'라고 힐난하는 경우는 없는 것으로 아는데 말이다. 그러니 상식적이고 성실한 택시 기사님들을 모두 잠재적 범죄자로 간주하는 한이 있더라도 조심, 또 조심할 수밖에. 만약에 죄 없이 피해를 입은 상황에서 '그러게 왜 그 늦은 시간에 혼자 택시를 탔느냐'는 말을 듣는다면 피가 거꾸로 솟을 것 같다.

하지만 어쩔 수 없이 '그 늦은 시간에 혼자' 택시를 잡아타는 경우가 왕왕 생긴다. 주로 대중교통이 끊기고서야 야근을 끝마쳤거나 회식이 마무리된 날이다. 집까지 걸어갈 수도, 부모님께 야심한 밤에 회사 근처까지 데리러 오라고 요청할 수도 없는 상황이니 대안은 택시뿐. 그럴 때면 일단 가족이나 친구에게 전화를 걸면서 택시에 오른다. 전화기에 대고 큰 소리로 "나 어디 어딘데, 이제 택시 탔어. 금방 갈게"라고 말한다. 전화 통화를 하는 사람은 표적으로 삼지 않았다는 택시 기사로 위장한 살인마의 진술을 들은 후부터 생긴 버릇이다. 그리고 뒷좌석에 앉았더라도 살그머니 안전벨트를 맨다. 새벽녘 총알택시는 차체가 흔들릴 정도로 쏜살같이 달린다. 안전벨트는 생명 벨트니까 무조건 착용해야 안심이다. 이리저리 흔들리는 몸을 창에 기대고 이정표를 꼼꼼히 훑으면서 집으로 향하는 길을 복기한다. 이제 내부순환로를 탔고, 여기서 북부간선도로로 빠졌다가, 다시 동부간선도로로 진입할 타이밍이군. 택시가 평소와 다른 길로 방향을 틀면 심장이 방망이질한다. 살그머니 지도 앱을 켜고 집으로 향하는 길이 맞는지 확인한다. 낯익은 동네에 들어서야 겨우 마음이 놓인다. 목적지에 택시가 멈춰 서고 미터기를 확인할 때, 이성적인 감각이 비로소 돌아온다. 뭐니 뭐니 해도 할증이 제일 무섭다는 생각에 퍼뜩 정신이 드는 것이다. 야근비도 못 받고 일했는데 택시비로 2만 원 넘게 지출하는 게 원통하지만 기사님께 공손히 돈을 건네고, 잔돈은 괜찮다고 말하고, 오는 길 내내 품었던 의심과 두려움에 대한 사죄의 마음을 담아 감사 인사를 드린 뒤 부드럽게 차 문을 닫는다. 그리고 휴대전화를 꼭 쥔 채 집까지 내달린다.

음주와 유흥에 별 취미가 없어서, 그러니까 '그 늦은 시간에 혼자' 돌아다니지 않는 따분한 인간인 관계로 회사 일 아니고서는 새벽에 택시를 타는 경우가 정말이지 드물다. 하지만 어느 청명한 가을밤, 남빛으로 물든 하늘과 노랗게 물든 은행나무 잎이 어우러진 근사한 풍경에 넋을 잃은 밤, 살랑 부는 바람이 볼을 간지럽혀 배까지 간질간질했던 늦은 밤에 혼자 택시를 탔다. 날씨 덕을 보려고 좋아하는 사람에게 불쑥 고백했다가 새벽 3시까지 붙잡혀 나를 왜 거절하는지 구구절절한 이유를 듣고서야 겨우 차였기 때문이다.

익숙한 도로를 총알같이 내달리는 택시 뒷좌석에 앉아 안전벨트를 꽉 매고 도로표지판을 확인하기 위해 창문에 이마를 댔다. 불과 조금 전에 벌어진 일들을 곱씹었다. 어쩌다 우리 관계가 이렇게 된 것인지. 근데 이 기사님은 왜 성산동으로 갈까. 아까 나누었던 대화 속에 혹시 일말의 희망을 찾아낼 수는 없을지. 길이 이렇게 이어지는지 모르고 괜히 걱정했네. 거절을 복기하는 와중에도 머릿속으로는 불안감이 감돌았다. 쿵쿵. 흔들리는 차체 탓에 창문에 연신 이마를 찧었다. 쿵쿵. 이마로 창문을 쿵쿵 치며 창밖을 내다보았다. 한없이 스쳐가는 회색빛 보호벽 너머로 초승달이 걸려 있었다. 유독 샛노랗게 빛나는 모습이 어찌나 예쁘던지. 그러고 보니 보호벽이 높이 솟은 내부순환로에서 달을 본 것은 그때가 처음인 듯했다. 야근을 마치고 긴장을 늦추지 않은 뻣뻣한 몸으로 좌석에 앉아 창밖을 응시할 때는 달빛을 눈에 담을 생각조차 하지 못했다.

좀 전의 실연으로 감수성이 예민해진 탓일까. 지긋지긋한 기억으로밖에 남지 않은 야근과 회식으로 점철된 밤에도 내 머리 위로 아름다운 달이 무심히 빛을 발하고 있었으리라고 상상하니 가슴이 아팠다. 더 아름다울 수 있었을 수많은 밤길을 무사히 귀가해야 한다는 강박에 사로잡혀 잃어버렸다는 걸 깨달았다. 그리고 문득, 만약 내가 지금 이 길 위에서 사고를 당한다면 나는 어떤 인간으로 취급받게 될까 생각했다. 성인 여성의 늦은 귀가의 원인이 '야근'인 것과 '실연'인 것 사이의 간격은 지구와 달 사이만큼이나 멀 테지. 실연의 생채기 아래로 더 깊고 오래 묵은 상처가, 한국에서 여성으로 사는 일상에 대한 피로와 긴장감이 커다랗게 입을 벌려 나를 집어삼켰다.

빈
술
잔

"슈울은 왜 안 마시나?"

"저 술 못 마시는 거, 아시잖아요."

"누군 처음부터 잘 마셨나. 나도 첨엔 한 잔 먹고 막 기절했다고. 다 마시서…… 아니 마시면서 느는 거지."

언젠가 1박 2일 워크숍을 떠났을 때 일이다. 일정을 모두 마치고 숙소 앞 너른 공터에 삼삼오오 둘러앉아 고기를 구워 먹었다. 별이 총총 박힌 밤하늘을 이고 솔솔 불어오는 바다 냄새를 맡으며 고기를 굽노라니 삼겹살이 꿀떡꿀떡 넘어갔다. 물론 술을 즐기는 분들은 술이 술술 넘어갔으리라. 다들 얼굴이 활활 타는 숯처럼 벌겋게 달아올랐다. 팀워크를 다진답시고 유치한 게임을 시키거나 한 곡 뽑으라며 손목을 잡아끌지도 않았기에 더없이 유쾌하고 부드러운 분위기였다.

술자리에서 분위기가 반전되는 건 늘 그렇듯 한순간이다. 옆 테이블 데시벨이 급작스레 높아졌다 싶었는데, 이내 나사를 풀어헤친 동료들이 술잔을 들고 일어나 이 테이블 저 테이블을 돌며 다른 이들에게도 나사 풀 것을 강권하기 시작했다. 누군가의 가방에서 튀어나온 양주병이 한몫 거들었다. 어느 틈엔가 노래방 기계가 등장했다. 도를 넘은 취기가 회식 분위기를 순식간에 휘어잡았다. 그러거나 말거나 두툼한 고기를 쌈 채소에 크게 한 점 싸서 입에 욱여넣으려는데, 뒷목께로 더운 술김이 훅 불어닥쳤다. 화들짝 놀라 뒤돌아보니 홍삼이 화한 듯 온몸이 벌건 옆 테이블 차장이 등 뒤에 바짝 붙어서서는 나를 보고 있었다. 아니, 정확하게는 내 앞에 놓인 술잔을 보고 있었다. 아차, 고기를 먹는 데 정신이 팔려 술잔을 비워둔 채였다.

차장은 왼손에 쥔 초록 병을 기울여 내 빈 잔에 대고 술을 졸졸 따랐다. 맥주잔에 찰랑찰랑 소주가 차올랐다. 그는 흐트러진 표정을 갑자기 힘껏 그러모으더니 근엄하게 말했다.

"오늘은 딱 요 카스 로고 아래까지만 마셔봅시다. 숙제야, 숙제. 조금 이따 검사하러 온다."

손에 주먹만 한 쌈을 움켜쥔 채로 당황해 눈을 두세 번 끔벅이는 사이에 차장은 본인 테이블로 돌아갔다. 눈앞에 놓인 소주가 찰랑거리는 술잔이 찜찜했지만 일단 손에 쥔 쌈을 입으로 옮겼다. 취해서 하는 소리니 신경 쓸 것 없다고 다독이는 옆자리 선배 말에 고개를 끄덕이며 우물우물 고기를 씹었다.

숙제 운운한 발언은 정말이었다. 차장은 수시로 다가와 소주 수위를 확인했다. 처음엔 선생님이 문제 학생을 지도하는 말투로, 이 정도는 마셔야 사회생활이 가능하다면서 이참에 한번 제대로 배워보자며 어깨를 두드렸다. 그다음에 왔을 때는 술잔이 그대로인 걸 보고 짜증을 냈다. 뒷덜미로 불어오는 술김이 역해질수록 차장의 언성도 점점 높아졌다. 그러거나 말거나 나 역시 고집을 굽히지 않고 잔에 혀끝조차 대지 않았다. 첫 직장을 그만두면서 술을 억지로 마시고 지하철에서 기절하는 일만은 두 번 다시 겪지 않겠다고 다짐한 터였다. 결국 미동 없는 소주 수위에 꼭지가 돈(달리 표현할 방법을 모르겠다) 차장은 급기야 눈에 핏대를 세우고 고래고래 소리를 질렀다. 지금 나를 무시하느냐, 내가 누구 좋으라고 이 짓을 하는지 모르느냐, 내가 우습냐, 선배 말이 말 같지 않냐 등등. 차장은 한 번만 더 기회를 준다고 으름장을 놓더니 자리를 떴다.

평소였다면 진작 소주를 확 부어버리고 마신 척하며 헤헤 웃었을 것이다. 술김에 지껄이는 헛소리에 대처하는 데는 도가 텄으니까. 그렇지만 그날만큼은 눈감고 싶지 않았다. 내게 술을 강권한 차장 테이블에는 나처럼 술을 마시지 못하는 또 다른 직원이 있었다. 나보다 서너 살 많은 남자 선배였는데, 그 선배 또한 회식 자리에서 늘 탄산음료와 맹물로 술잔을 채우곤 했다. 차장의 논리에 따르면 사회생활에 심각한 결함이 있다는 점에서 나와 그 선배는 다를 바가 없었지만, 차장은 가까이 앉은 남자 선배에게는 술을 권하지 않았다. 그날뿐 아니라 그 전, 그 전전날의 회식 때도 마찬가지였다. 술을 거절할 때마다 뼈 있는 농담을 들어야 하는 아래 직원은 언제나 나뿐이었다. 왜 어째서 나뿐일까. 내가 어리고 만만해서? 아니면 내가 어리고 만만한 여자라서? 정답이라고 믿고 싶지는 않지만 머릿속에 자연스레 떠오르는 대답은 솔직히 그 둘뿐이었다.

그날 회식은 만취한 차장이 내 술잔을 확인도 하기 전에 숙소로 질질 끌려가는 것으로 끝났다. 다음 날 아침 식당에서 마주친 차장은 아무 일 없었다는 듯 내 옆을 스쳐 갔다. 사과를 기대하지는 않았지만, 조금도 민망해하지 않는 모습을 보니 묘하게 열이 받았다. 하긴, 차장이 사과하지 않는 건 당연했다. 사회생활의 시옷이 뭔지도 모르는 어린 여직원에게 호혜를 베풀어 회식 예절을 가르쳐준 장본인이라고 철석같이 믿고 있었을 테니까.

## 고모는 결혼을 사랑해

"애인은 있니?"
"결혼은 언제 하려고?"

　꽃다운 스물다섯부터 농익은 서른셋에 이르기까지 8년 동
안 주야장천 들은 질문이다. 전두환이 대통령을 해 먹던 시절
에 태어나 88 올림픽, 문민정부 출범, 대전 엑스포, IMF, 한
일 월드컵, 나로호 발사, 선관위 홈페이지 디도스 공격, 박근
혜 탄핵에 이르기까지 굴곡의 역사를 목도하며 33년이란 세

월을 살아온 소띠 여성에게 궁금한 것이 고작 혼인 여부에 불과하다니. 이 얼마나 빈곤한 상상력을 가진 사람들에게 둘러싸여 살고 있는 현실인지. 단전 아래서 깊은 한숨이 나온다.

서른을 넘긴 이후로는 주변에서 쏟아지는 결혼 타령이 아주 급물살을 탔다. 나를 누구보다 아끼고 사랑하는 가족들과 친구들은 그런 화제를 막무가내로 입에 올리는 경우가 거의 없는데, 나를 잘 알지도 못하는 사람들은 일상이 무료하고 권태로운 모양인지 툭하면 남의 인륜지대사를 두고 왈가왈부다. 정말로 내 행복을 바라는 마음으로 그러는지, 그저 대화 소재가 떨어져 입에서 나오는 대로 지껄이는 건지 솔직히 의심스럽다. 직업인으로서도 비슷한 경우를 숱하게 겪었다. 저자와 미팅을 할 때, 베테랑 편집자인 내게 저자가 업무 외적으로 묻는 말 가운데 열에 아홉은 "결혼은 하셨어요?"였다. 딱딱한 일 얘기는 잠시 접고 친근감을 표현하기 위해 사적인 질문을 던진다는 취지는 알겠지만, 꼭 그 사적인 질문이 결혼이어야 하는 걸까. 돌이켜보면 나는 저자에게 단 한 번도 결혼하셨느냐 물은 기억이 없다.

심지어 이런 일도 겪었다. 퇴근 시각을 넘겨 어느 50대 남성 저자와 미팅을 하고 저녁 식사를 함께했다. 메뉴는 가라가

케 덮밥. 나는 원체 먹는 속도가 느린 데다 입이 짧아 한 번에 많은 양을 입안에 밀어 넣지 않는다. 좋게 표현하면 천천히 꼭꼭 씹어 먹는 올바른 식습관이 몸에 밴 것이나 대다수의 사람, 특히 어르신들은 밥을 깨작깨작 먹지 말라며 "그렇게 먹으면 복 날아간다"는 잔소리를 종종 한다. 그런데 그날 맞은편에서 쩝쩝거리며 자신 몫의 덮밥을 5분 만에 해치우고 내가 먹는 모습을 뚫어져라 살피던 저자는 이렇게 말했다.

"그렇게 먹어서 어디 시집가겠어요?"

두 귀를 의심했다. 지금은 분명 2016년이고, 인간과의 대결에서 알파고가 승리하는 21세기인데? 싸늘하게 식은 내 표정을 미처 살피지 못한 저자는 다시 헛소리를 했다.

"열심히 먹어요. 5킬로그램은 더 쪄야 시집가겠네."

'내가 결혼을 하지 않는 건 밥을 깨작거려서가 아니라 너 같은 미친놈을 만날까 겁나서다!'라고 차마 호통을 치지는 못하고, 그저 덮밥을 한가득 퍼 올려 저자를 똑바로 응시하며 입안에 쑤셔 넣었다. 내가 시집갈 수 있다는 것을 증명하기 위해 입이 찢어져라.

이런 일도 있었다. 어느 화창한 토요일, 사촌 언니 결혼식에 참석하기 위해 대전에 내려갔다. 사촌 언니와는 초등학교 무렵에 보고는 만난 적이 없는지라 솔직히 길에서 지나쳐도 알아보지 못할 사이였지만, 성심당 튀김소보로를 사주겠다는 엄마의 제안에 솔깃해 예식장을 찾았다. 꽤 오랜만에 열린 집안 경사여서 고모 네 분을 비롯해 무수히 많은 사촌이 모였다. 튀김소보로고 나발이고 결혼식장에는 가는 게 아니었다. 일가친척들이 나를 둘러싸고 너는 언제 결혼할 거냐며 몰아붙이기 시작했다. 사촌들 가운데 성인이면서 미혼인 사람이 나뿐인 상황에서는 웬만하면 친척 결혼식에 참석하지 않는 게 현명한 처사라는 사실을 깨달았을 때는 이미 늦었다.

둘째 고모가 대기업에 다니는 자신의 40대 아들 옆으로 나를 불러 앉히더니 "애인 있냐"고 물었다. 없다고 대답하자 빨리 사촌 오빠에게 이상형을 말해보라고 다그쳤다. 사촌 오빠가 다니는 그 큰 회사에 좋은 사람 한 명쯤 없겠냐면서 말이다. 어이가 없었지만 부드럽게 상황을 모면하기 위해 "제 취향이 좀 유별나서요" 하고 웃어넘겼다. 난감한 표정이 역력했던 사촌 오빠도 웃어넘기기에 동참했다. 하하하, 하하하하. 그런데 고모는 갑자기 조카의 배필을 반드시 찾아주겠노라는 사명감에 불타올랐는지 집요하게 나를 물고 늘어졌다. 앞뒤 좌우로 고개를 돌리면서 친척들을 훑으며 "저기, 쟤가 초등학교 선생님 아니냐. 저기에 소개해달라고 해라", "저 집 막내아들이 변호사라고 하더라. 결혼했는지 물어봐줄까", 아주 난리가 났다. 고모의 호들갑에 기가 질려서 먹던 탕수육도 뱉고 싶어질 지경이었다. 엄마는 식탁 아래로 내 허벅지를 톡톡 두드리며 '조금만 참으라'는 메시지를 보냈다. 속이 부글부글 끓어 사이다 캔을 따서 벌컥벌컥 마셨다.

하이라이트는 잠시 뒤에 펼쳐졌다. 새신부와 새신랑이 한복을 곱게 차려입고 우리가 식사를 하는 테이블로 인사를 왔을 때였다.

"와주셔서 감사해요. 차린 건 없지만 많이 드세요."

앵무새처럼 외는 새신랑을 와락 붙잡고, 둘째 고모가 집게손가락을 뻗어 나를 가리켰다. 오늘 온 하객 중에 괜찮은 사람이 있으면 이 아가씨에게 좀 소개해달라는 말과 함께. 새신랑도 당황, 사촌 언니도 당황. 나는 당황을 넘어 손이 부들부들 떨렸다. 오직 둘째 고모만이 아무렇지 않다는 듯 새신랑 입에서 "네"라는 대답이 나오기를 기다리는 눈치였다. 테이블 아래로 주먹을 불끈 쥐었다. 그리고 굳게 다짐했다. 빨리 기혼자가 되어야지. 그래서 이 지긋지긋한 결혼 독촉에서 벗어나야지. 그러니까 어떤 면에서 보면 그날의 승리자는 둘째 고모였다. 느긋한 미혼 조카가 결혼을 결심하게 만드는 데 성공했으니.

## 외할머니와 할머니

친구의 외할머니가 돌아가셨다. 향년 여든넷. 크게 아픈 데 없이 장수하시며 아들딸을 낳아 기르고 손녀가 시집가는 모습까지 지켜보고 돌아가셨다지만, 하나의 삶이 마감되는 순간은 늘 그렇듯 슬펐다. 친구의 슬픔은 물론 이루 말할 수 없이 컸다. 어릴 적 맞벌이하는 부모님을 대신해 외할머니와 외할아버지 손에서 자란 탓에 외갓집과 더없이 가까운 사이였기 때문이다. 장례식장에서 처음 뵌 외할머니의 얼굴은 평온해 보였다. 친구의 다부진 입매가 외할머니와 많이 닮은 듯도 했다.

친구는 먼 데까지 와줘서 고맙다고 내 등을 토닥이며 희미하게 웃었다. 나 역시 희미한 미소를 띠고 친구에게 위로의 말을 건넸다.

장례식장은 대구. 고인 슬하에 자식이 적어 그런지 조문객은 많지 않았다. 일회용 접시에 담긴 육개장과 떡을 놓고 앉아 검은 소복을 입은 친구의 등을 물끄러미 바라보았다. 무더위 속에서 삼일장을 치르고, 조문객을 챙기고, 어머니를 위로하고, 본인의 슬픔을 다스리려면 얼마나 힘이 들까. 고인의 안타까움에 비할 바는 아니겠지만 산 자가 감당하는 장례의 무게도 만만치 않다는 생각이 들었다.

사흘 후, 외조모 상을 당한 친구가 외할머니를 잘 보내드리고 일상으로 복귀했다며 카톡 메시지를 보내왔다. 문상을 와줘서 고맙다는 말이 이어지겠거니 짐작했는데, 화면에 뜬 메시지는 다소 격앙된 말투였다. 무슨 일이냐 묻자 연달아 날아온 친구의 메시지.

「야, 진짜 어이없어. 할머니가 돌아가시면 경조 휴가 2일, 외할머니 돌아가시면 경조 휴가 1일. 이게 말이 돼?」

내 상식으로는 같은 촌수의 친척인데 경조 휴가 규정이 다르다는 게 이해되지 않았다. 할머니하고 외할머니를 차별하다니, 도대체 왜? 혹시 잘못 안 것 아니냐고 묻자 회사 규정을 보고 인사팀에 재차 문의해 확인했다는 메시지가 돌아왔다. 녹색 창을 열어 검색해보았다. 친구가 겪은 일과 비슷한 사례가 쏟아졌다. 사기업 대부분이 조부모와 외조부모 경조 휴가 규정에 차등을 두고 있었던 것이다. 심지어 외조부모 상을 당한 경우에는 아예 경조 휴가를 지급하지 않는 회사도 있었다. 문득 우리 회사는 어떨까 궁금해져 인트라넷에 접속해 규정을 확인했다. 조부모가 돌아가시면 경조 휴가 2일, 외조부모가 돌아가시면 경조 휴가 1일. 역시 마찬가지.

친구가 느꼈을 황당함이 비로소 이해됐다. 외조모부의 경조 휴가 일수를 조모부의 경우보다 짧게 정한 근거는 뻔하다. 외손주는 상주 역할을 하지 않는다고 간주하기 때문일 터다. 외손주는 상주가 아니라는 인식은 두말할 것 없이 딸은 출가외인이라는 가부장제적 사고의 산물이다. 딸이 낳은 손자 손녀는 상주조차 될 수 없다는 말인가. 호주제가 폐지된 지 10년도 더 지났건만 이런 성차별적 규정이 관행이라는 이유로 버젓이 시행되고 있다는 사실이 어처구니없었다. 구한말 때나 통용되었을 법한 남성 중심 사고에 입각해 조부모와 외조부모를 구별 지으면서 "관행이라 어쩔 수 없다"는 구차한 변명이라니.

이런 형태의 성차별과 마주 대할 때가 가장 화나고 허탈하다. 노골적인 성차별이라면 욕이라도 속 시원히 퍼부어주련만. 각종 시스템과 제도에 긴긴 시간 동안 집요하게 스며든 성차별적 인식은 거품 물고 항의하기엔 좀 애매하게. 군불에 고구마 굽듯 서서히 내 가슴을 거멓게 태운다.

친구는 결국 모자란 이틀을 연차 휴가로 메웠다. 문제가 있는 규정이라 하더라도 그 규정을 무력화할 규정이 없으니 별수 없는 노릇이었다. 친구는 외가와 친가를 구분하는 이유가 뭔지 질문을 던졌다가 "옛날로 따지면 외조부모는 부모가 아니다"라는 말까지 들었다. 그 말을 한 담당자는 딸 둘을 가진 아버지였다. 언젠가는 외조부가 될 아버지.

◯

시
스
루
룩

나
만
안
되
는

.

첫 직장을 다니는 1년 동안 정장을 착용했다. FW 시즌에는 도
톰한 검은색 투피스와 진회색 슬랙스, 검은색 카디건, 긴팔 셔
츠 서너 장, 원피스 두 벌을 돌려 입었다. SS 시즌에는 얇은 남
색 투피스와 검은색 펜슬 스커트, 반팔 셔츠 너덧 벌, 원피스
세 벌을 돌려 입었다. 이미 오래전 헌 옷 수거함에 처넣은 옷
가지의 면면을 세세히 기억하는 까닭은 그 옷들을 온 마음을
다해 싫어했기 때문이다. 고등학교를 졸업하자마자 교복을 쓰
레기통에 내던졌던 것과 비슷한 마음이었다. 지나친 비약일지

모르겠으나 똑같은 옷차림을 강요하는 건 사람들을 분류하고 계급화해 싸잡아 다루려는 수작 같다.

어이, 교복 입은 너희들은 학생이야! 본분 잊고 허튼 생각하면 곤란해! 거기, 정장 입은 일개미 여러분! 노동은 신성한 것입니다. 격식을 갖추고 일을 대하세요, 사람보다 회사가 먼저입니다!

어쨌거나 내 옷차림은 언제나 단정했다. 누가 일러주지 않았어도 알아서 수수한 옷을 골라 입었고, 짧은 하의나 목이 깊이 파인 상의는 가급적 피했다. 그까짓 멋 좀 부리려다가 구설에 오르고 싶지 않았으니까. 그러나 술 차장, 밤마다 술을 마셔 재낀 탓에 늘 볼이 불그스름했던 그 양반은 여름철이면 시스루 룩을 즐겼다. 그가 애용한 아이템은 모시 소재의 헐렁한 반팔 셔츠. 아이보리색 모시가 얼마나 야한지 아는가. 모시 셔츠 안에 받쳐 입은 러닝 셔츠가 얼마나 적나라하게 비치는지 아는가. 넓은 소매통 사이로 언뜻 보이는 그의 속살은……. 나는 궁예가 아닌데 어째서 직장 상사의 속이 훤히 들여다보이는지. 술 차장이 모시 셔츠를 착용한 날이면 민망함에 눈 둘 곳을 몰랐지만, 민망하다고 고개를 돌릴 수는 없었다. 나는 매일 그 앞에 서서 업무를 보고하거나 업무 지시를 받는 입장이었으니 말이다.

더운 여름에 시원한 소재의 옷을 고르는 것은 인지상정, 술 차장의 패션 감각을 희화화하고픈 의도는 없다. 가만히 앉아만 있어도 땀이 줄줄 흐르는 날씨에 발목을 덮는 정장 바지도 모자라 신사용 양말까지 올려 신고 출근하는 아빠를 보며 자란 내가 남성 직장인의 고충을 모르는 바도 아니다. 다만 나는, 미색 모시 반팔 셔츠를 입은 술 차장 앞에 설 때마다 어쩔 수 없이 '만약'을 상상했다. 만약 내가 손을 들어 올릴 때마다 겨드랑이가 오픈된다거나 속옷이 훤히 비치는 얇은 셔츠를 입고 출근했다면 어떨까. 아마 99.9퍼센트의 확률로 다른 팀 여선배가 조용히 나를 불러 그런 옷차림은 적절치 않다고 충고했을 것이다.

## 흥은 셀프입니다만?

종종 뉴스 기사를 장식하는, 회식으로 음주가무 대신 뮤지컬 관람을 즐기며 직원들의 문화생활을 독려하는 회사는 대관절 어디에 숨어 있는 걸까. 혹시 판교 테크노벨리나 파주 출판단지에 다 몰려 있나? 회사를 네 군데나 섭렵했음에도 어느 회사든 회식을 할 때면 어김없이 노래방에 끌려갔다. 1차로 돼지갈비를 맛있게 구워 먹고 2차로 호프집에서 맥주로 입가심까지 했으면 친목은 충분히 다진 것 같은데 어째서 회식을 '마무리'하기 위해 어두컴컴한 골방으로 끌려가야 하는지 이해하기 어려웠다. 심지어 공기 좋은 산자락으로 워크숍을 떠나서도 콜택시에 실려 읍내 노래방으로 이송된 경험이 있다. 마치 조직원의 협동과 화합을 도모하는 데 노래방만 한 발명품이 없다는 듯이 말이다.

노래방 회식을 처음 경험한 날에는 방에 꽉 들어찬 직원들 머릿수를 헤아려보고는 '인원이 많으니 한 곡씩만 부르면 끝나겠네' 하는 어리석은 계산을 했다. 신입 사원이 탬버린, 마이크와 더불어 노래방의 3대 구성 요소라는 사실을 미처 파악하지 못한 상태였다. 주변 선배들의 권유(를 빙자한 지시)로 첫 주자가 마이크 줄을 왼손에 감는 동시에 스테이지로 뛰어나가 탬버린을 흔들었다.

그날 이후로 주야장천, 회식 때마다 끌려간 모든 노래방에서, 제아무리 가장 구석진 자리에 몸을 감추어도 누군가 나를 발견해 기어코 등을 떠밀었다.

'제기랄, 흥은 셀프다!'

허나 이런 입바른 소리는 가슴에 묻고 그저 묵묵히 골반을 좌우로 흔들 뿐.

"아니, 젊은 사람이 그렇게밖에 못 놀아요?"

수치심을 접고 골반 봉사를 하면서도 이런 핀잔을 감수했다. 대체 나더러 어쩌라는 건지, 즐거운 회식 문화를 선도하기 위해 브레이크 댄스라도 마스터하라는 말인가.

노래방 회식에 얽힌 수많은 에피소드 가운데 유독 기억에 남는 장면이 있다. 때는 바야흐로 5년 전, 타 부서와 협업해 진행했던 프로젝트를 마무리한 날이었다. 저녁에 양 팀 합동 회식이 열렸는데, 1차와 2차를 거쳐 마지막은 역시나 노래방이 장식했다. 다행히 타 부서 신입 사원이 매우 열정적으로 무대 진행을 맡아준 덕분에 비교적 마음 편히 소파 끝자락에 몸을 웅크리고 있을 수 있었다. 이윽고 내 차례. 몇 차례 시행착오 끝에 십팔번으로 장착한 '난 사랑을 아직 몰라'를 선곡해 율동까지 곁들여 열창한 뒤 마이크를 놓았다. 그런데 저쪽 부서 부장이 떨떠름한 표정으로 나를 보면서 이렇게 말하는 것이 아닌가.

"왜 연기를 하지? 선배 배려한다고 억지로 옛날 노래 부를 필요 없다고. 편하게 해요."

일순간 얼어붙은 분위기. 나는 눈을 끔뻑거리며 그를 향해 내가 지을 수 있는 가장 멍청한 표정을 지어 보였지만 속으로는 잽싸게 따져 물었다.

'왜 연기를 하지'라니, 그 질문이야말로 연극 대사 같습니다만?

184

편하게 하라니, 그럼 이 골방에 끌려오기 전에 꽁무니를 내 뺄 걸 그랬습니다만?

배려는 무슨, 최대한 빨리 끝내려는 속셈으로 2분 51초짜리 곡을 고른 것입니다만?

그러나 이런 불손한 대꾸들은 역시 뱃속에 감춘 채 "그럼 진짜 애창곡 하나 더 해볼까요?"라며 짐짓 발랄하게 책자를 뒤적여 소녀시대 노래를 선곡해 다시 불렀다. 그제야 소파에 등을 기대며 만족스레 미소 짓는 부장. 나 역시 마이크를 놓으며 그를 향해 싱긋 웃어 보였다. 그리고 작게 중얼거렸다.

"'Gee'도 옛날 노래거든, 이 꼰대야."

관리비 5만 원은 별도다. 2012년 늦가을, 5.5평짜리 원룸을 빌려 쓰는 대가로 보증금 1천만 원을 입금하고 다달이 50만 원을 지불하기로 계약했다. 그렇다, 스물아홉 해에 마침내 독립의 꿈을 이룬 것이다. 그런데 사실 독립을 해야 하는 구체적인 이유 같은 건 없었다. 당시 본가와 회사까지의 거리는 3킬로미터 남짓. 걸어서 40분밖에 걸리지 않았으니 통근 시간 단축이 목적은 아니었다. 우리 가족은 매우 단란한 편이므로 불화로 인한 도피성 독립이 필요하지도 않았다. 독립을 꿈꾸게 된 이유는 오직 하나, 스물아홉 살을 맞이했기 때문이었다.

그저 스물아홉 번째 새해가 떠올랐을 뿐인데 왠지 모르게 주변을 둘러싼 공기가 살짝 무거워진 느낌을 받았다. 벚꽃 전선이 서울을 향해 북상함과 동시에 친구들의 결혼 러시가 이어졌고, 나와 비슷한 시기에 사회생활을 시작한 또래들이 대리를 달기 시작했다. 갑자기 까닭 모를 초조함에 휩싸였다. 다들 힘껏 내달려 인생의 전환점을 도는 시기에 나만 혼자 제자리걸음을 걷는 기분. 이대로는 안 되겠다고 생각했다. '무엇'이 이대로면 안 되는 건지, '미혼'인 상태인지 '평사원'인 신분인지 정확한 주어를 콕 집을 수는 없었지만 아무튼 이대로는 곤란했다. 단조롭게 반복되는 삶을 향해 과감하게 낙차 큰 변화구를 던져야 했다. 그러나 결혼 제도에 딱히 호감을 품고 있지 않는 데다 출세욕마저 없었던 나는 변화를 꾀할 만한 목표로 '결혼'이나 '승진'을 선택하고 싶지는 않았다. 대신 안전하고 든든한 안식처였던 부모님의 아기 주머니를 떠나 경제적으로나 정서적으로 완벽히 자립하는 것을 목표로 삼았다.

자취인의 메카인 '피터팬의 좋은 방 구하기' 카페에 가입해 몇 날 며칠 동안 자취방 시세를 검토했다. 희망 거주지는 합정 일대. 그쪽 동네로 옮기면 통근 거리가 3킬로미터에서 12킬로미터로 네 배나 늘어나지만, 단조로운 인생에 낙차 큰 변화구를 던지려면 9킬로미터 정도는 이동할 필요가 있었다. 한데 매물을 둘러볼수록 내 정기예금과 한 달 벌이로는 절대 '좋은 방'을 얻을 수 없다는 계산이 나왔다. 피터팬이 산다는 환상의 원더랜드가 적어도 서울 합정동은 아닌 것이 확실했다. 뉴스로나 접했던 전월세 시세는 도무지 믿어지지 않는 현실이었다. 아니야, 그럴 리 없어. 그동안 착실히 모은 정기예금도 만 원권으로 인출하면 양손 양발을 다 동원해도 한꺼번에 쥘 수 없는 큰돈이라고.

직접 발품을 팔자는 생각으로 합정역 인근 복덕방 문을 두드렸다. 내 예산을 파악한 부동산 사장님은 나를 데리고 합정 골목을 구불구불 돌아 낡은 빌라로 갔다. 처음 본 방은 1층 같은 반지하도 아니고 사방이 꽉 막힌 그야말로 순도 100퍼센트의 지하 단칸방. 스며드는 냉기와 습기로 인해 쭈글쭈글해진 벽지가 가장 먼저 눈에 띄었다. 부엌 천정과 욕실 문 근처에 곰팡이를 닦아낸 흔적이 선명했다. 가격이 싸다면 감안했을 테지만 그 쭈글쭈글한 방은 보증금 2천만 원에 월세가 45만 원이나 했다. 충격을 받아 눈이 쑥 들어간 내게 사장님은 1층에도 빈방이 있다며 구경을 권했다. 월세는 5만 원 더 비쌌지만, 창살이 덧대어진 창으로 5만 원 이상의 가치를 지닌 포근한 햇

볕이 쏟아졌다.

다음으로는 근처 신축 빌라를 보러 갔다. 빌라 입구에 보안 문이 설치되어 있어 외부인이 아무런 제지 없이 드나들 수 있는 낡은 빌라보다 훨씬 안전해 보였다. 내부 역시 깨끗했다. 대신 보증금이 3천만 원에 월세가 55만 원이나 했지만, 안전과 청결에는 그만한 비용을 지불할 가치가 있다는 생각이 들었다. 빚 없이 낡은 빌라 지하에서 사느니 주거래 은행과 콜라보해 신축 빌라에 입주하는 편이 현명한 선택 같았다. 하지만 대출이라니, 빚이 두려워 신용카드조차 써본 적이 없는데 수천만 원을 한꺼번에 빌려야 하는 상황이라니.

몇 차례 이어진 복덕방 투어를 통해 '돈이 없으면 햇볕도 잠금장치도 엘리베이터도 얻을 수 없다'는 사실을 절감했다. 내 앞에 놓인 선택지는 둘뿐이었다. '덜 좋은' 집을 얻고 속상해하거나 '더 좋은' 집을 얻는 대신 빚을 끌어안거나. 비교급이 붙지 않는 그냥 '좋은 집' 같은 건 없었다. 6년 동안 모은 돈으로 곰팡이 없는 방 한 칸조차 구할 수 없는 현실에 대한 분노는 서울 집값을 이따위로 치솟게 방조한 정부의 부동산 대책을 향해야 마땅했으나, 복덕방 사장을 쫓아 골목을 돌고 낡은 빌라 계단을 오르내리는 사이 자존감을 상실한 나는 다른 누구도 아닌 나 자신의 무능을 자책했다.

한 달 넘게 홍대, 망원, 연희동, 연남동 일대를 돈 뒤 마포구는 깨끗이 포기했다. 내 저축으로 감당할 수 있는 집이 없었다. 대신 강북 쪽 대학가와 종로구 일대를 검색하다가 우연히 명륜동에서 방 하나를 발견했다. 성균관대학교 후문 근처에 위치한 다세대주택 원룸. 사진으로 보기에 원룸치고 꽤 넓었고 창이 시원하게 뚫려 있어 채광과 환기도 문제없어 보였다. 심지어 보증금은 겨우 천만 원밖에 안 했다. 부랴부랴 쪽지를 띄워 다음 날 아침에 바로 방을 보러 가기로 약속을 잡았다. 이튿날 출근하자마자 외출계를 내고 명륜동으로 향했다. 회사 앞에서 마을버스를 타니 10분 남짓 걸렸다. 본가와도 가까워 부모님이 느낄 서운함도 어느 정도 달랠 수 있을 듯했다.

버스에서 내려 골목 안으로 들어가 작은 언덕길로 접어들었다. 전날 사진으로 본 2층짜리 다가구 주택이 눈에 들어왔다. 낡은 빌라들이 겹겹이 포개진 틈을 비집고 들어선 건물이었다. 한 층에 네 개씩, 모두 여덟 개의 방으로 쪼개져 있었다. 1층에는 꽤 널찍한 콘크리트 앞마당이 있었는데, 철제 계단을 통해 아래쪽 빌라 옥탑과 연결되어 있는 듯했다. 대문과 담벼락의 존재가 무의미하다는 의미였다. 1층 복도 끝까지 걸어가 철제 계단을 올랐다. 걸음을 내디딜 때마다 끼익 끼익 소리가 났지만 당시에는 미로 같은 건물 구조와 레트로풍 철제 계단이 마냥 재밌게만 느껴졌다. 2층 세 번째 현관문 앞에 섰다. 전날 메시지를 주고받은 여학생이 문을 열어줬다.

방은 사진에서 본 그대로 꽤 널찍했다. 색감을 통일한 원목 가구로 방을 아기자기하게 잘 꾸며놓은 덕에 무척이나 아늑해 보였다. 갓 샤워를 하고 나왔는지 방 안에 은은히 풍기는 샴푸 향이 결정타를 날렸다. 마포구에서 큼큼한 곰팡내만 질리도록 맡았던 내 콧구멍, 아니 눈이 뒤집힌 것이다. 나는 5분도 채 둘러보지 않고 부랴부랴 복덕방으로 달려가 그 방을 계약했다.

그때 화장실에서 새어나온 수증기가 천정 벽지를 타고 올라가는 모습을 왜 보지 못했을까. 화장실 천정에 점점이 찍힌 곰팡이를 왜 대수롭지 않게 여겼을까. 늦가을임에도 방한 시트를 꼼꼼하게 붙여놓은 커다란 창을 왜 주의 깊게 살피지 않았을까. 아무튼 그렇게, '집'이라고 부르기에는 다소 애매한, 네모난 콘크리트 안에 화장실과 싱크대를 욱여넣은 5.5평 자취방을 마침내 구했다.

## 원룸에서 요리 따위

초겨울에 성북동 본가를 나와 명륜동 자취방으로 짐을 옮겼
다. 전에 살던 학생이 쓰던 원목 가구를 20만 원에 몽땅 인수
한지라 더 가져갈 가구는 없었다. 작은 냉장고와 세탁기도 이
미 방에 딸려 있었다. 부피가 큰 짐이 없으니 용달차를 부를
필요도 없이, 며칠에 걸쳐 옷가지와 책 따위를 조금씩 이고 지
고 날랐다. 실로 조촐한 독립이었다.

몇 달간 발품을 팔아놓고는 정작 5분 만에 입주를 결정해

버린 203호의 문제점은 속속 드러났다. 우선 내가 세낸 공간은 '집'이라고 부르기 부적절했다. 콧구멍만 한 원룸은 그냥 화장실 딸린 독방이었다. 거실 딸린 방 세 칸짜리 집에서 십수 년을 살아온 터라, 먹고 자고 싸고 씻는 행위를 모두 한 공간에서 처리하는 일에 적응하기란 쉬운 일이 아니었다. 고개를 돌리면 사방이 벽인 방에 덩그러니 앉아 있노라면 종종 내가 독립을 한 건지 감금을 당한 건지 헷갈렸다. 덕분에 그때까지 크게 관심 가져본 적 없는 주거 문제에 관해 숙고하게 됐다.

현행법상 1인 가구 기준 최소 주거 면적은 14제곱미터(약 4.2평)다. 내 방은 이 최소 주거 면적에 쫙 펼친 신문지 네 장을 더한 규모(18제곱미터)였지만 나는 주거 면적을 점유했다는 최소한의 만족을 누리지 못했다. 최저 생계비로 최저 생계를 유지하기 어려운 현실과 비슷했다. 하루는 소설책을 읽다가 "좁은 방에서는 생각조차 답답해진다"고 울분을 토하는 어느 소설 속 주인공에 감정 이입해 엉엉 울었다. 또 어떤 날은 신문지 여덟 장 면적의 고시원에 살던 대학생 시절 친구가 떠올라 코를 훌쩍이며 전화를 걸기도 했다.

두 번째 문제점은 방음. 이럴 거면 아예 202호, 204호와 벽 트고 살림을 합쳐서 월세라도 후려치자 싶을 정도로 양쪽 벽 너머 이웃들의 생활 소음이 고스란히 전해졌다. 202호에는 중국인 유학생 두 명이 함께 살고, 204호에는 케이팝을 사랑하는 남학생이 산다는 사실을 그들 얼굴을 한 번도 보지 못한 상태로 알 수 있었다. 202호 녀석들은 나와 벽을 사이에 두고 머리를 맞대고 자는 것이 분명했다. 밤마다 코 고는 소리가 들렸으니까. 물론 개들도 내 코골이와 잠결에 지껄이는 헛소리를 벗 삼아 잠을 청했을 공산이 크다(나나 202호나 침대를 돌리지 않았다. 돌릴 만한 공간이 없었으니까). 한편 204호 남학생은 샤워를 할 때마다 그렇게 노래를 불러재꼈다. 물론 청소할 때나 빨래를 개킬 때, 아니면 그냥 심심할 때도 불렀다. 사람뿐이랴. 늦은 밤이면 옥상에서 고양이들이 친목을 도모하는 소리가 벽을 타고 흘러 내려왔다.

세 번째 문제점은 보안. 여성 혼자 1인 가구 밀집 지역에 거주한다는 것은 위험에 노출될 빈도가 그만큼 높다는 의미다. 그럼에도 나는 훤한 대낮에만 집을 둘러본 탓에 외진 골목길 깊숙이 자리 잡은 이 다세대주택을 선택하는 우를 범하고 말았다. 자물쇠가 없어 누구나 손쉽게 출입이 가능한 철문, 약간의 운동신경을 갖춘 키 160센티미터 이상의 성인이라면 누구나 타넘을 수 있는 낮은 담벼락. 이렇게 강도 친화적인 건축물을 주거지로 선택하다니 미쳤지. 부랴부랴 서울시가 독신 여성에게 제공하는 홈 방범 서비스를 신청했다. 며칠 뒤 ADT

캡스에서 찾아와 현관문과 창문에 무인감지 센서를 달아주었다. 누군가가 무단 침입하면 곧바로 센서가 작동해 보안 업체에서 긴급 출동한다며, 최신 보안 서비스를 월 9,900원에 이용할 수 있으니 얼마나 좋으냐는 말을 남기고 보안 업체 직원은 짐을 챙겨 떠났다.

"센서로 동여맨 방에서 오들오들 떨며 살지 않아도 되는 세상이라면 더 좋지 않을까요."

소형 CCTV와 함께 덩그러니 남겨져서야 혼자 중얼거렸다.
마지막 문제점은 냄새. 한쪽 벽면에 뚫린 창문 외에는 냄새가 빠져나갈 구멍이 없는 방 안에 설치한 싱크대는 일종의 장식품이었다. 실제로 우리 다세대주택의 여덟 가구 가운데 요리를 시도하는 사람은 나밖에 없는 듯했다. 한번 요리를 하면 팬을 아무리 돌려도 도무지 음식 냄새가 빠지지를 않았다. 얼려둔 밥을 전자레인지에 돌리거나 스팸을 굽는 수준의 요리는 괜찮았지만, 된장국이나 김치 볶음을 하면 창을 활짝 열어젖히고 팬을 부앙부앙 돌려도 온 방에 냄새가 진동했다. 무엇보다 카레, 아아 노란 카레는……
전자레인지의 도움 없이 제대로 된 요리를 해보고 싶었던 어느 날, 세상에서 가장 좋아하는 음식인 카레를 만들기로 마음먹었다. 슈퍼에서 브로콜리, 양파, 고구마를 사 와 깍둑썰기한 다음 냄비에 때려 넣고 물을 넣고 끓이다 카레 분말을 투하해 약한 불에 뭉근히 끓이면 완성이었다. 뭉근히…… 뭉근히…… 스멀스멀 피어오른 카레 냄새가 방을 뒤덮기 시작했다. 창문을 열고 팬을 돌려도 소용이 없었다. 그래도 조금만더, 뭉근히…… 깊은 맛이고 나발이고 가스 불을 끄고 싶은데 망할 고구마를 너무 크게 썰어 넣어 도무지 익지를 않았다. 빠져나가지 못한 냄새 분자들이 나를 마구 공격했다. 콧구멍 안으로, 입천장 위로, 머리카락 깊숙이. 온 집 안이 카레 냄새 범벅이 됐을 무렵 마침내 뭉근한 카레가 완성되었지만 이미 냄새에 질려 카레라면 꼴도 보기 싫은 상태. 결국 카레를 냄비째 방치한 채 창문을 활짝 열어두고 도망치듯 집을 나섰다. 한참을 어슬렁거리다 카페에서 거의 냄새를 풍기지 않는 계란 샌드위치를 주문해 먹었다.

카페에 죽치고 있다 돌아갔음에도 여전히 방 안에는 카레 냄새가 둥둥 떠다녔다. 식은 카레를 그릇에 옮겨 냉장고에 넣고 냄비를 깨끗이 씻었다. 음식물 쓰레기는 싹싹 모아 봉지에 담아 냉동고에 넣었다. 가지고 있는 향초를 모조리 꺼내 불을 붙이고, 행어에 걸린 옷들에는 섬유 탈취제를 아낌없이 뿌렸다. 몸에 걸친 옷은 팬티까지 모조리 벗어서 세탁기에 집어넣었다. 머리를 벅벅 감아 머리칼에 밴 희미한 냄새마저 남김없이 털어냈다. 마침내 카레 냄새를 싹 잡고 잠자리에 누웠을 때, 코끝까지 끌어올린 이불에서 카레 냄새가 났다.

## 맞바꾼 교훈

### 열 달 치 월세와

"고작 10만 년 전에야 출현한 현생 인류 조무래기 따위가 3억 5천만 년 전부터 지구를 지배해온 이 몸에 살충제를 뿌리다니!"

바퀴벌레가 인간의 언어를 안다면 배를 뒤집기 직전에 이렇게 외치지 않을까. 바퀴벌레 입장에서는 억울하겠지만 현생 인류에게 바퀴벌레란 불결하고 징그러운 존재, 발견하자마자 즉결 처형해야 마땅한 악의 축이다.

신문지 스물여덟 장 면적의 비좁은 방과 마음만 먹으면 불법 도청이 가능한 얇은 벽면에 그럭저럭 적응했을 무렵이다.

계절은 바야흐로 매미가 맴매 우는 한여름. 새벽녘에 부스럭 소리에 깼다. 틀림없이 발바닥이 딱딱한 생명체가 장판 위를 걷는 소리였다. 급히 휴대전화 랜턴을 켜고 소리가 나는 쪽을 비췄다. 급작스러운 빛의 세례를 받은 검은 생명체가 동작을 멈췄다. 얼핏 바퀴벌레와 흡사하게 생긴, 어린아이 주먹만 한 몸체를 가진 침입자는, 놀랍게도 바퀴벌레였다!

그렇게 큰 놈은 난생처음 봤다. 그렇게 빠른 놈도 머리털 나고 처음 봤다. 나중에 검색해보니 바퀴벌레의 최고 시속은 무려 150킬로미터나 되었다. 과연 페름기 대멸종과 백악기 대멸종에도 살아남은 끈질긴 생명체다운 능력이 아닐 수 없다. 난생처음 보는 거대 바퀴는 작디작은 방에서 용케 몸을 숨길 곳을 찾아내 이리저리 옮겨 다녔다. 장장 두 시간여의 사투 끝에, 살충제 반 통을 퍼부은 끝에 바퀴벌레가 항복을 선언하고 배를 뒤집었다. 바들바들 떨리는 손으로 쓰레받기를 받쳐 녀석의 몸을 쓸어 담아 변기통에 수장시켰다. 다리가 후들거려 침대까지 가지도 못하고 바닥에 주저앉았다. 새벽 6시. 집에 전화를 걸어 비몽사몽인 엄마 귀에 대고 새벽의 참사를 정신 없이 일러바쳤다.

그날 이후 미국 출신으로 추정되는 거대 바퀴벌레와의 동거가 시작됐다. 방 안을 싹 치우고 쓰레기를 모조리 내다 버리고 약을 곳곳에 살포했음에도 그놈들은 며칠에 한 번씩 모습을 드러냈다. 한 마리씩 드문드문 나타나는 것으로 보아 다행히 집에 서식하지는 않고 물과 먹이를 찾아 이따금 문틈을 통해 들어오는 듯했다. 그러나 고작 며칠에 한 번, 주로 야심한 시각에 방문할 뿐인 놈들 덕분에 내 일상은 와르르 무너졌다.

공벌레만 봐도 바르르 떨며 도망갈 정도로 겁이 많은 터라, 거대 바퀴의 존재는 나를 공황 상태의 두려움에 빠뜨리기 충분했다. 무엇보다 잠을 제대로 이룰 수 없었다. 불을 끄고 누우면 어디선가 사각사각 소리가 들리는 듯해 신경이 곤두섰다. 선잠이 들었다가도 자그마한 소리에 흠칫 놀라 벌떡 일어나기 일쑤였다. 자는 사이에 벌레가 내 몸 위를 기어 다닐 것이 두려워 열대야가 찾아든 밤에도 이불을 머리끝까지 뒤집어쓰고 잠을 청했다. 당연히 수면의 질은 떨어질 수밖에 없었으니, 불안정한 수면 패턴은 신경을 망가뜨렸고 망가진 신경은 건강을 위협했다.

낮에도 바퀴벌레가 신경 쓰이기는 마찬가지였다. 밥을 해 먹으려다가도 요리를 하면 음식물 쓰레기가 발생하고, 이내 바퀴벌레가 먹이를 찾아 집으로 진격하리라는 생각에 포기했다. 아예 식욕을 잃었다. 식탁 대용으로 사용하는 앉은뱅이책

상과 식기 위로 벌레들이 기어 다니는 끔찍한 상상 때문이었다. 종종 친구들을 초대해 배달 음식을 시켜 먹으며 도란도란 이야기꽃을 피우던 주말도 포기했다. 친구들이 놀러 왔을 때 바퀴벌레가 튀어나올 것이 두려워 초대하기가 꺼려졌다. 내 집이 비좁고 값싼 공간이라는 사실을 부끄러워한 적이 없다고 생각했는데, 비좁고 값싼 공간의 상징과도 같은 바퀴벌레가 있다는 사실만큼은 어쩐지 들키고 싶지 않았다.

바퀴벌레와의 동거 아닌 동거 생활은 그렇게 한 달 넘게 지속되었다. 놈들 덕분에 203호는 아늑함을 상실했다. 집으로 향하는 발걸음은 점점 느려지다 급기야 집을 며칠씩 비운 채 본가에서 생활하는 날이 늘어갔다. 본가에는 바퀴벌레가 없을뿐더러 설령 그놈들이 나타나더라도 함께 때려잡을 가족이 있었다. 홀로 살며 꼬박 열 달 동안 나름 잘 꾸려온 독립적인 생활 패턴도 덩달아 느슨해졌다. 엄마의 자애로움과 아빠의 성실함에 기대어 손 하나 까딱 않고 어리광만 피우던 열 달 전 내 모습이 슬그머니 본색을 드러냈다. 그사이 바퀴벌레가 점령한 203호는 폐가처럼 방치되었다.

내리 한 달이나 자취방을 비우고 본가 생활을 이어가던 10월께, 부모님과 상의해 집을 내놓기로 했다. 도저히 바퀴벌레를 극복하지 못하겠으면 빨리 방을 빼서 월세라도 아끼는 편이 낫지 않느냐는 것이 부모님의 조언이었다. 부모님은 내가 자취를 결심했을 때부터 나와 떨어져 사는 것을 못내 서운해하셨다. 그래서 바퀴벌레의 출몰이 이참에 딸이 독립생활을 끝내도록 설득할 기회라고 생각하시는 것 같았다. 나는 마지못한 척 부모님의 조언을 따르겠노라고 대답했다. 솔직한 심정은 내가 먼저 입에 올리기 창피한 그 말을 부모님이 먼저 꺼내줘서 고마울 따름이었다.

지금도 가끔 스물아홉과 서른 살에 걸쳐 열 달간 머무른 5.5평짜리 자취방을 떠올린다. 짐 꾸러미 몇 개를 들고 조촐하게 시작해 결국 바퀴벌레에 밀려 초라하게 막을 내린 짧은 독립생활. 203호에는 지금쯤 누가 살고 있을까. 202호와 204호에는 또 어떤 이웃들이 들어왔을까. 얇은 벽을 사이에 두고 그들은 어떤 일상을 공유할까. 다른 건 몰라도 분명 바퀴벌레들은 그들 사이를 자유롭게 오가고 있으리라. 부디 그들이 바퀴벌레를 때려잡을 만큼 대담하거나 아니면 벌레를 대수롭지 않게 여기는 무신경한 세입자이기를 바라본다.

열 달 만에 자취 생활을 접으며 다짐한 게 있다. 일상생활에서 부딪히는 다양한 문제들에 바퀴벌레를 마주쳤을 때보다 더 대담하게 처신할 수 있을 때까지 독립은 꿈도 꾸지 않겠노라고. 독립이란 단순히 집세와 생활비를 지불할 경제적 능력을 획득했음을 의미하는 것이 아니라 주변 환경과 상황을 스스로 통제하고 해결할 수 있는 능력을 획득했음을 의미한다는 교훈을 나는 30대가 되어서야, 열 달 치 월세 500만 원과 교환했다.

## 2류 신붓감

회식 도중에 농담 섞인 질문을 받았다. 의대를 나와서 미국에
클리닉을 열었는데 신붓감은 본국에서 찾는 남자와 한번 만나
보겠냐고. 제가 이만하면 참한 아가씨인 것과는 별개로 '사짜'
선 시장에 진출하기엔 무리가 있고요, 애인을 물색하는 남자
라니 줘도 싫답니다, 하고 호호 웃어넘겼지만, 회식이 너무 지
루한 나머지 상상이나 해봤다. 처음 보는 남자랑 마주 앉아 서
로 재산과 결혼 조건을 깐(?) 다음 합의하에 날짜 잡고 면사포
쓰고 사표 쓰고 미국으로 슈-웅. 상상이 지나쳤지.

생각 없이 일을 꾀하면 화를 면치 못할 뿐 아니라 비웃음까지 산다고 했던 이솝우화의 교훈을 떠올린 나는 재빨리 정신을 차리고 옆자리 선배의 빈 잔에 맥주를 따랐다.

# 4장

# 반격의 서막

내일만 사는 놈은
오늘만 사는 놈한테 죽는다.
난 오늘만 산다.
—영화〈아저씨〉중에서—

## 장래희망

근무시간에 머릿속으로 열심히 골든레트리버를 떠올렸다. 이죽이고 깐족대는 몹쓸 말투로 악명 높은 저자에게 잘못 걸려 30분 넘게 귀를 더럽힌지라, 상상할 수 있는 가장 아름다운 동물을 소환해 치유를 시도한 것이다. 일찍이 체호프는 "선량한 사람은 개 앞에서도 부끄러움을 느끼는 경우가 종종 있다"고 썼다. 아름답고 순한 골든레트리버를 떠올리면 이를 부득부득 갈며 누군가에게 품었던 앙심이 부끄럽게 느껴지는 경우도 종종 있다.

지금 내 무릎 위에 웅크리고 앉은 반려견 닥스훈트 빌보가 들으면 질투하겠지만, 골든레트리버 키우기는 내 오랜 장래희망이다. 텔레비전에서 우연히 골든레트리버가 덩크슛을 날리는 영화 〈에어 버드<sup>Air Bud</sup>〉를 본 뒤로 녀석의 구불구불한 금빛 웨이브, 착한 눈망울, 활동적인 몸놀림에 마음을 빼앗겨버렸다. '꿀짜쁘까'라는 예쁜 이름까지 미리 지어두었다. 물론 골든레트리버와의 동거가 실현 가능성 희박한 꿈이란 것을 잘 안다. 평균 체중이 30킬로그램에 달하는 대형견과 함께 살기 위해서는 이 대도시에 마당 있는 집을 얻어야 할 텐데, 나 같은 서민이 무슨 재주로 그만한 부를 이루겠는가. 다섯 평짜리 원룸 임대차 계약서에 서명하는 데도 몇 달씩 걸리는 형편인데 말이다.

현실성이 있든 없든 회사와 무관한 장래를 상상하는 일은 즐겁다. 머릿속으로 골든레트리버와 한바탕 공원에서 뒹굴고 뜀박질을 하고 나면 기분이 좋아진다. 상상만으로 부족하다 싶으면 SNS에 '#골든레트리버', '#개스타그램', '#멍스타그램'을 검색해 사진이나 동영상을 훔쳐본다. 살랑살랑 꼬리를 흔들고 커다란 앞발을 들어 애교를 부리는 강아지들을 보면 입꼬리가 절로 올라간다.

반면 회사와 관련된, 예컨대 올해 개처럼 일해서 승진 포인트를 이만큼 땄으니 내년 일사분기쯤엔 대리를 달 수 있으려나 점쳐보는 일은 그다지 즐겁지 않다. 실제로 승진을 해야 기쁘지. 승진이 밀린 선배들이 줄줄이 서 있는 현실이 눈앞에 너무 빤히 보인다. 회사와 관련된 장래희망은 아무리 뒤져봐도 쓸 만한 게 없다. 승진과 연봉 인상의 꿈은 아주 현실적인 장래희망임에도 현실과 괴리가 너무 크다.

골든레트리버를 생각하면 종종 이런 상상이 꼬리에 꼬리를 문다. 눈 뜨고 코 베인다는 서울살이를 포기하면 어떨까? 각박한 대도시를 벗어나 낯선 소도시에서 새 삶을 꾸린다면? 서울보다 집값이 저렴한 도시에서라면 마당 있는 집을 빌릴 수 있을지 모른다. 소도시 생활을 해본 적 없는 서울 사람이나 할 법한 세상 물정 모르는 발상인지 모르겠지만. 어쨌든 오직 개로인해 내 고향 서울을 떠날 수 있다고 생각하면 묘하게 통쾌하다. 내가 지금 손에 쥔 것들, 이를테면 직장과 직업, 직함, 연봉, 연금보험, 생활환경 등등이 골든레트리버를 위해서라면 얼마든지 포기해도 좋을 시시한 것들일지도 모른다고 생각하면.

눈 맑고 순한 골든레트리버와 함께하는 장래를 잠깐 상상한 것만으로도 전화 테러로 입은 화가 누그러졌다. 그래, 개 같은 진상 저자에 맞서 나까지 달려들어 으르렁거릴 필요는 없다. 그건 사랑스러운 개에 대한 예의가 아니니까.

"전 볼일이 있어서요. 맛있게 드세요."

　오전 12시. 사무실 직원들이 모두 빠져나가길 기다렸다가 호주머니에 책 한 권을 넣고 근처 분식집으로 발길을 재촉한다. 내 멋대로 임시 점휴일로 지정한 일명 '인간계 탈출의 날'이다. 동료 직원들과 수다를 떨며 식사하는 것도 좋지만 가끔은 고독한 점심을 즐기고 싶을 때가 있다. 잠깐이라도 회사 이야기에 귀를 막고, 늘 마주하는 얼굴을 피해 오롯이 외딴 섬이 되고픈 날. 거미줄처럼 촘촘히 얽힌 조직의 한자리를 꿰찬 일개미가 허리에 묶인 줄을 슬쩍 풀고 자유의 바람을 콧구멍에 불어넣는 점심시간.

　라면 정식, 그러니까 정확하게는 치즈라면에 공깃밥을 추가한다. 호탕하고 방탕하게 밀가루와 나트륨을 섭취해야지. 라면이 보글보글 끓는 소리를 들으며 호주머니에서 책을 꺼낸다. 방탕하겠다며 독서라니, 누가 들으면 하품 꽤나 쏟겠지만 모든 일개미의 행복은 엇비슷하나 불행은 제각각이듯 스트레스를 푸는 방식도 조금씩 다른 법. 엉망진창인 원고를 종일 붙들고 씨름하던 편집자가 잘 다듬어진 글을 읽는 희열은, 상습 정체 구간에 갇혀 있다 한순간 도로가 뻥 뚫릴 때 운전자가 느끼는 쾌감과 비슷할 것이다.

　이날 읽은 책은 《젊은 회의주의자에게 보내는 편지》라는 정치철학 에세이었다. 다수의 강요에 맞서 소수 편에 서라는 따끔한 조언에 양심이 따끔따끔. 때마침 구멍 난 양심을 어루만져줄 치즈라면이 사기그릇에 먹음직스럽게 담겨 눈앞에 놓였다. 책 귀퉁이를 접고 본격적으로 라면을 즐긴다. 고소한 치즈를 젓가락으로 살살 저어 국물에 풀어준 다음 잘 익은 면발을 후루룩. 공깃밥을 살짝 식은 국물에 말아 또다시 후루룩. 라면 한 그릇과 밥 한 공기를 국물까지 싹싹 비운다. 순식간에 배가 빵빵하게 부풀어 오른다. 역시 밀가루와 나트륨의 조합은 언제나 옳다. 만족스러운 미소를 띠고 엠보싱 휴지를 뽑아 입을 닦으며 분식집 한쪽 구석에 걸려 있는 동사무소 로고가 찍힌 시계를 확인한다. 고작 12시 반. 오는 길에 점 찍어둔 나무 그늘 아래 벤치에서 보던 책의 접어둔 페이지를 펼쳐 마저 읽기에 충분한 시간이다. 분식집을 나와 따뜻한 햇살을 흠뻑 맞으며 슬렁슬렁 걷는다. 다음 달에는 무슨 요일에 인간계를 탈출할지, 메뉴는 뭐로 정할지, 맥도널드 런치 세트가 좋을지 순댓국이 좋을지 진지하게 고민하면서.

○

# 반항하는 인간

즐겨 찾는 온라인 커뮤니티 게시판에서 이런 사연을 접했다. 글쓴이의 오빠가 건실한 삼성맨인데, 각 잡힌 와이셔츠 아래로 왼쪽 어깨에 새긴 커다란 체 게바라 타투를 숨기고 일한다는 내용이었다. 체 게바라와 삼성맨이라니! 상식과 통념을 단박에 뒤집는 신선한 조합에 무릎을 탁 쳤다. 글쓴이의 오빠야말로 조용한 혁명가 아닌가. '우리 모두 리얼리스트가 되자. 그러나 가슴속에는 불가능한 꿈을 가지자'라는 체 게바라의 명언을 일상생활에서 실천하고 있으니 말이다. 현대적으로 풀자면 그의 구호는 "우리 모두 회사원이 되자. 그러나 와이셔츠 안에는 불가능한 꿈을 새기자"쯤 될 것이다.

나 역시 타고난 순종적인 성격과 유순한 인상을 중화하기 위해 몸 곳곳에 반항의 증거를 감추고 있다. 어깨와 팔에 타투가 네 개 있고, 귓바퀴에는 구멍을 여섯 군데 뚫어 귀금속을 주렁주렁 매달았다. 모두 회사 생활을 시작하고 하나둘씩 늘어난 것들이다. 물론 시술은 프로 일개미로서 사회생활에 무리가 없는 선에서 은밀히 이루어졌다.

타투와 피어싱은 일차적으로 멋내기용이자 기분 전환을 위한 수단이었지만 한편으로는 내 개성을 빼앗으려는 회사에 대한 저항이기도 했다. 회사 입장에서 가장 다루기 쉬운 직원은 단순한 사람일 것이다. 욕구가 단순해서 만족시키기 쉬운, 생각이 단순해서 합리적 근거 없는 무리한 요구도 군말 없이 따를, 개성이 흐릿해서 회사 입맛에 맞게 조물조물 빚어내기 알맞은 사람. 각종 규정과 암묵적 잣대를 들이밀며 직원들을 단순화하려는 사 측의 속내가 싫었다. 물론 내면 깊은 곳에서 꿈틀대는 반항의 감정을 말이나 표정으로는 절대 표출하지 않았으나(반골로 찍히기는 싫으니까) 적어도 장신구와 치장을 통해 간접적으로 표현할 수는 있었다.

당신이 핫바지로 여기며 손으로 툭툭 치는 그 어깨에는 '백치'라는 뜻의 러시아어가 적혀 있다고! 핫핫!

내가 차량용 노호혼처럼 열심히 고개를 끄덕인다고 오해하지 마시길. 지금 내 귀에 매달린 여섯 개의 링은 당신 말이 다 틀렸다고 쨍그랑 울어대고 있으니까!

중학생이나 할 법한 유치한 태도와 치기 어린 일탈은 회사가 원하는 다루기 쉬운 인간은 내 결코 되지 않으리라는 결심을 의외로 단단히 지켜주었다.

꽃과 나뭇잎, 러시아어 따위를 팔뚝에 새기는 일, 바늘로 귓바퀴를 푹 찌르는 일, 저자와 미팅이 있는 날 혀를 날름 내민 스누피가 그려진 티셔츠를 골라 입는 일, 폭탄 파마를 하거나 머리를 바짝 깎는 일. 모두 리얼리스트가 되지도, 가슴속에 불가능한 꿈을 품지도 못하고 그저 하루하루 먹고살기 바쁜 일개미가 소심하게나마 쏟아내는 작은 반항이다.

우리 모두 회사원이 되자.
그러나 와이셔츠 안에는
불가능한 꿈을 새기자.

## 반차 사유 ∶ 없음

「오늘은 헌혈 가능일입니다.」

　지루함에 몸을 배배 꼬던 오전 회의 때 수신한 한 통의 문자. 회의가 끝나고 자리로 돌아와 망설임 없이 오후 반차계를 작성했다. '오늘'은 헌혈 가능일이기에 앞서, 정말이지 소름 끼치게 일하기 싫은 날이므로. 일이 손에 하나도 안 잡히고 머리는 붕 뜨고 마음은 심드렁하다. 출근하고부터 줄곧 5분 단위로 점심 뭐 먹을까만 고민하는데, 시간은 새로 고침을 누르지 않은 컴퓨터 화면처럼 오전 9시에 딱 멈춰 서버렸다.

어차피 일하기는 글렀으니 전기 낭비하는 대신 헌혈이나 하자. 대한혈액원에서 보내온 문자를 받자마자 번득 그런 생각이 스쳤다. 딱히 긴급히 처리할 일도 없고 오후에 회의나 미팅이 잡혀 있는 것도 아니니 반차를 내도 업무에 큰 지장은 없었다. 혹여 지장이 좀 있으면 또 어떠랴. 하루 반나절 업무에 태만했다고 회사가 중징계를 내리는 것도 아닌데. 팀장에게 휴가계를 들이밀며 "오후에 반차를 쓰겠습니다"라는 말 외에는 아무 말도 덧붙이지 않았다. 사유란에도 '가사'라고만 적었다. 하긴 '헌혈'이라고 적을 수는 없는 노릇이다. '권태'는 더더욱 발설해서는 안 되고. 팀장은 의외로 아무것도 묻지 않고 내가 내민 종이에 말없이 서명해줬다.

이메일 몇 통을 작성하고 업무를 적당히 마무리한 뒤 사무실을 나섰다. 회사에서 좀 떨어진 번화가까지 걸어가 짬뽕밥 한 그릇을 시켜 배를 든든히 채우고 근처 헌혈의 집으로 직행. 가급적 두 달에 한 번씩은 헌혈을 하려고 노력하는데 그도 은근히 어려웠다. 퇴근 후에 헌혈을 하려 하면 체내에 피로와 스트레스가 쌓인 탓인지 빈혈이나 저혈압, 저체온 등의 이유로 거절당하기 십상이었기 때문이다. 그렇다고 외출이 잦은 주말에 따로 시간을 내 헌혈을 하자니 그 또한 여의치 않았다. 남에게 혈액을 나눠줄 만큼 건강한 몸 상태를 유지하는 동시에 한 시간 남짓한 여유 시간을 할애하는 일이 직장인에게는 정말이지 쉽지 않은 일이다. 학생들은 피땀 눈물을 쏟아가며 공부하느라 시간이 없을 테니, 언제나 혈액이 모자랄 법도 하다.

점심을 든든히 먹은 덕분인지, 아니면 오전의 은밀한 태업으로 스트레스를 피한 덕인지는 몰라도 혈압, 백혈구 수치, 체온 모두 정상이었다. 침대에 누워 채혈을 시작했다. 간호사가 쥐여준 동그란 공을 쥐었다 폈다 하며 혈액이 링거를 돌아 비닐 파우치에 담기는 모습을 바라봤다. 보람찬 일을 한 가지라도 실행했으니 오늘 먹은 짬뽕밥 값은 한 셈 치자, 회사를 위해서는 일하지 않았지만 시민사회를 위한 일이 결국은 돌고 돌아 회사의 수익 창출로 이어지지 않겠는가, 이런 아무짝에도 쓸모없는 잡생각을 하는 사이 헌혈이 끝났다.

이제는 기념품을 고를 차례. 여행용 세면도구, 햄버거 교환권, 3단 자동 우산, 빵 교환권 등을 쭉쭉 넘기고 영화 관람권을 가리켰다. 헌혈의 집 바로 옆은 멀티플렉스다. 헌혈을 마치면 무조건 상영 시간대에 맞는 영화를 보자고 미리 마음먹은 터였다.

팔뚝에 반창고를 붙이고 영화 관람권을 손에 쥔 채 매표소 앞에 섰다. 마침 5분 후에 바로 상영하는 영화가 있어 망설임 없이 예매 버튼을 클릭했다. 짐 캐리와 제프 다니엘스가 20년 만에 뭉쳐 관객들 배꼽 사냥에 나선 〈덤 앤 더머 2〉였는데, 인기가 없는지 상영 시간이 임박했음에도 좌석이 넉넉했다. 상영 5분 만에 '아, 이건 평점 1점짜리다'라고 속으로 부르짖었으나 별수 없었다. 몸을 의자에 푹 누이고 영화에 집중했다. 맨정신이었으면 짐 캐리 먹살을 잡으러 할리우드로 날아갔을지 모를 황당무계한 억지 설정이 이어지는데, 묘하게 빵빵 터졌다. 눈앞에서 연신 뒤바뀌고 서로 뒤엉키는 장면들이 마냥 유쾌했다. 오전 내내 뚫어져라 바라본 엑셀 파일에 비한다면야 짐 캐리의 연기는 폭소 대잔치 수준이었던 것이다.

중차대한 일이나 피치 못할 사정이 있을 때만 휴가를 써야 된다고 그 누구도 정해놓지 않았다. 느닷없이 헌혈이 하고 싶어졌다거나, 컨디션이 영 안 좋거나, 하늘이 유난히 파랗다거나, 격렬하게 아무것도 하고 싶지 않을 때 직원이 반나절쯤 쉬는 바람에 회사가 망했다는 뉴스는 들어본 적이 없다. 게으름을 피운다고 나라 경제가 무너지지도 않는다. 오히려 휴식을 게으름피우는 행위로 치부하고 사람들을 끝없는 노동의 굴레에 밀어붙일 때, 힘겹게 사회를 떠받들고 있는 존재들이 와르르 무너지는 경우가 훨씬 많지 않을까. 잊을 만하면 지면을 장식하는 직장인 과로사 뉴스를 보면 말이다.

한 달에 한 번, 반나절의 휴식. 목적 없이 반차를 내는 즐거움.

아
니
오
라
다
름
이

경력이 쌓일수록 눈치만 빠삭해졌다. 원칙대로 하자며 뻣뻣
하게 굴기보다는 적당히 분위기를 맞추면서 읍소 전략을 펼
치는 편이 원하는 바를 이루기에 한층 유리하다는 사실을 깨
달은 것이다. 납작 엎드리기, 굽실거리기, 까라면 까기, 입에
자물쇠 채우기, 낄 때 끼고 빠질 때 빠지기. 그간 익힌 사회생
활 전략들이다. 나름 인간관계를 원만히 유지하고 갈등을 극
복하기 위한 요령을 터득했노라고 자평했다. 합리적이고 융통
성 있는 어른이 되었다고 믿었다. 그런데 어느 날, 불현듯 자

괴감이 고개를 쳐들었다.

저자에게 원고 마감을 촉구하는 이메일을 적으면서 습관처럼 자판을 두드려 '다름이 아니오라'라는 어구를 완성했을 때였다. 바로 본론으로 들어가도 상관없는데 꼭 서두에 날씨를 화제 삼아 안부를 묻고, 그다음에 복사해 붙여넣듯 '다름이 아니오라'라는 문구로 본론에 들어가는 패턴이 갑자기 아주 징그럽게 느껴졌다. 신하가 주상전하께 청을 올리는 것도 아닌데 '-오'를 붙여 공손함을 배가할 이유가 어디 있단 말인가. 이메일을 다 작성하고 내용을 찬찬히 다시 훑어보니 이런 식의 표현이 한두 개가 아니었다. '……하지 않은 것이 아닐는지요?'처럼, 이중부정을 사용해 불확실한 사실을 묻는 양 꾸미며 '나에게는 확신이 없다(왜냐하면 나는 당신보다 어리석기 때문에)'는 것을 강조하는 문장도 몹시 눈에 거슬렸다. '죄송하지만', '번거로우시겠지만', '괜찮으시다면' 유의 쿠션어도 한 줄 걸러 하나꼴로 튀어나왔다. 올바른 이메일 예절을 실천했다고 포장하기에는 자음과 모음이 지나치게 납작 엎드려 있다는 느낌을 지울 수 없었다. 저자가 갑이고 출판사 직원은 을이라는 인식이 없고서는 이렇게 스스로를 터무니없이 낮추고 바짝 고개를 수그릴 수 없으리라.

카페 아르바이트생이 "샷 추가는 500원이세요" 하고 말하

듯이, 극존칭이 키보드에 딱 달라붙어 이메일 언어를 오염시켜왔던 것이다. 이래서는 안 된다. 언어가 태도를 결정한다는데, 내 말이 이 정도로 쭈그러들어 있다면 내 태도는 얼마나 더 비굴할지는 상상하고 싶지 않았다.

　delete 버튼을 눌러 공들여 작성한 글을 싹 지웠다. 겉치레 인사말도 다 집어치우고, '다름이 아니오라'도 집어치우고, 꼭 전달해야 하는 내용으로만 간결하게 내용을 채웠다. 이메일을 완성하는 데는 단 일곱 줄로 충분했다. 불필요한 굽실굽실체를 싹 지웠지만 그리 건방져 보이지 않았다. 오히려 전달하려는 내용이 훨씬 명확히 눈에 들어왔다. 힘차게 전송 버튼을 누르며 다짐했다. 앞으로 무슨 일이 있어도 '다름이 아니오라'만큼은 이메일에 적지 않겠노라고. 나는 작게 보면 이 회사, 크게 보면 우리 사회의 구성원일 뿐 그 누구의 아랫사람도 아니다. 파리처럼 손발을 싹싹 비비고 혀에 기름을 칠한 듯 야들야들하게 말한다고 해서 특별히 더 행복해질 일도 없다. 인생에서 일곱 글자를 없애버렸을 뿐인데, 자존감은 월등히 높아진 기분이었다.

◇

# 나라면 노조에 가입하겠다

회사 생활을 시작한 지 5, 6년이 지나서야 직원의 권리에 관심을 기울이게 되었다. 그 전까지는 연봉 계약서에 사인한 대로 월급이 제대로 나오는지, 명절 때 상여금이 지급되는지, 연월차가 1년에 몇 개씩 늘어나는지에만 신경 썼다. 복잡할뿐더러 딱히 필요치 않다고 여겼던 인사 제도나 복지 제도에 관련해서는 궁금한 점이 생기면 주변 동료에게 알음알음 물어 확인하는 정도였다. 한마디로 회사에서 주는 대로 받고 시키는 대로 일했던 것. 인사팀에 이것저것 꼼꼼히 따져 묻고 요구한다는 게 어쩐지 민망하게 느껴졌기 때문이다. 내가 회사에 조금이라도 '빼먹을 것'이 없나 탐욕스럽게 노리는 사람이라는 인상을 줄까 봐 조심스러웠다. 사정이 이렇다 보니 규정이 있는지 몰라 날려버린 혜택도 적지 않다. 형제자매가 결혼하면 하루 휴가를 낼 수 있다는 사실도 몰랐고, 부모님 회갑에 화분을 보내준다는 사실도 까맣게 몰랐다. 경사 휴가는 보통 2주 전에 미리 신청해야 하는데, 그런 제도가 있는지조차 몰랐으니 고스란히 날릴 수밖에.

회사를 네 군데 전전하며 개인적으로 경험한 바에 의거한 합리적인 의심인데, 회사는 복무규정이나 복지 제도 등을 슬그머니 숨겨놓는다. 마치 직원들이 모르고 지나가기를 바라는 것처럼 말이다. 직원이 적극적으로 권리를 찾아내 행사하지 않으면 회사로서는 땡큐. 제도는 있되 지출은 없다. 이 얼마나 좋은가.

유일하게 노조가 있었던 세 번째 직장에서 난생처음 노조 활동을 했다. 노조원이 스무 명 남짓인 미니 노조였기에 전 직원이 노조 업무에 적극적으로 가담할 수밖에 없는 상황. 임금 협약이 뭔지, 단체 협상은 또 뭔지 아무것도 모르는 무지몽매한 중생이었던 나 역시 '복지부장'이라는 직함을 달고 노조 일에 뛰어들었다. 노조에서 어떤 쟁점들을 다루는지도 잘 몰랐고 '투쟁으로 쟁취한다'는 구호조차 낯설고 부담스럽게 느끼는 채였다. 집행부에 소속되어 처음 받게 된 노조 교육 시간에 "사 측에서 강경하게 나오면 어떡할 거냐"는 강의자의 질문을 받고 "음, 움츠러들 것 같은데요"라고 대답했다가 웃음거리가 될 정도였다.

애송이인 줄 알았던 말단 노조원 구달. 그는 두려움이라는 껍질을 깨고 분명 하나쯤 뚫고 나오는 송곳 같은 인간이었다⋯⋯는 드라마 같은 일은 물론 펼쳐지지 않았다. 복지부장으로서 내가 실제로 노조에 기여한 바는 미미했다. 하지만 직원의 권리를 적극적으로 주장하고 회사의 미래를 동료들과 함께 고민하면서, 겉을 꽁꽁 싸맨 두려움이라는 껍질에 실금이 가는 소리를 들었다. 적지 않은 부당해고와 윗사람의 전횡을 목도하며 위축되었던 자신감도 슬금슬금 허리를 펴기 시작했다. 사 측 대표와 노조 대표가 동등한 위치에서 함께 협상 테이블에 앉아 의견을 조율할 수 있다는 사실, 그 하나를 두 눈으로 본 것으로 자신감을 회복하기에 충분했다. 회사가 직원에게 성실성과 근면함(으로 위장한 무급 추가 노동)을 요구하는 만큼 직원 또한 회사를 향해 당당하게 권리를 주장하고 요구할 수 있다는 자명한 진실을 6년 만에 깨달은 것이다.

실제 투쟁으로 쟁취할 수 있는 성과물이 적다 해도, 필요하면 투쟁할 수 있다는 마음가짐이 직원에게 안겨주는 자신감은 어마어마했다. 내 뒤를 지켜줄 오승환 같은 든든한 구원 투수가 있으니 마운드 위에서 포크볼도 던져보고 너클볼도 던져보며 마음껏 기량을 펼칠 수 있는 기분이랄까. 집행부 활동을 마무리한 이후로도 노조 활동은 물론이고 솔직히 예전에는 별 관심 없었던 회사 사정에도 관심을 기울이게 되었다. 회사에 적을 둔 이상, 좋든 싫든 나와 회사는 공동 운명체였다. 어느 한쪽이 일방적으로 의사결정권과 이익을 독식하는 구조로는 둘 다 살아남을 수 없다는 점을 인정하고 협력해야 했다. 건방져 보이면 어떡하나 싶은 걱정 없이 의견을 밝히고, 탐욕스러워 보이면 안 되는데 싶은 망설임 없이 권리를 주장했더니, 회사 생활이 조금은 더 견딜 만해졌다. 실제로 업무 환경도 조금씩 개선되었다.

오바마 전 대통령이 노동절 행사 연설에서 "나라면 노조에 가입하겠다"라고 말해 큰 화제가 된 적이 있다. 나라도 노조에 가입하겠다. 그러나 우리나라의 노조 조직률은 10퍼센트에 불과하며, 나는 그동안 거친 직장 네 곳 가운데 단 한 곳에서만 노조에 가입하는 행운을 누릴 수 있었다.

◯

## 탄력 근무제

## 늘어난 고무줄,

노사 간 단체 협약을 새롭게 체결하면서 '탄력 근무제' 항목이 신설되었다. 통근 거리가 먼 직원, 육아로 인해 출퇴근 시간을 조정할 필요가 있는 직원, 출퇴근 전후 시간을 활용해 자기 계발에 투자하고픈 직원 등의 요구 사항을 반영한 결과였다. 노조가 힘을 모아 직원에게 유익한 제도를 신설했으면 바로 사용해야 의미가 있는 법. 게다가 나는 노조 복지부장으로서 타의 모범을 보일 필요가 있는 신분이 아니던가. 곧바로 신청서를 내고 8시 출근 5시 퇴근으로 근무시간을 조정했다. 한 시간 일찍 출근하고 한 시간 늦게 퇴근하면서도 상사 눈치를 보기 급급했던 사회 초년병 시절에 비하면 그야말로 장족의 발전이었다.

그런데 웬걸, 예상치 못한 따가운 눈총 세례에 시달렸다. 집이 멀지도 않고 돌볼 아이가 있는 것도 아닌 말단 직원이 기다렸다는 듯이 탄력 근무제를 신청하는 모양새가 좋게 보이지 않았던 모양이다. 분명 탄력 근무제 신청 사유에 '자기 계발'이 포함되어 있음에도 팀장은 그 사유를 탐탁지 않게 여겼다. 퇴근을 앞당기면서까지 계발할 지식이나 역량이 뭐가 있느냐고 생각하는 눈치였다. 출퇴근 시간이 다르면 팀 일정을 조율하기 어렵지 않겠느냐는, 사실상 탄력 근무제 철회를 종용하는 발언도 들었다. 동료 직원이자 노조원으로서 함께 쟁취한 소중한 제도에 사 측도 아닌 동료 직원이 난색을 표하는 현실이 당황스러웠지만, 정당한 권리이니만큼 꿋꿋하게 밀고 나가기로 했다.

눈치를 주는 건지 아닌지 아리송한 상황은 이후로도 심심찮게 펼쳐졌다. 기분 탓일 수도 있는데 자꾸 회의가 오후 4시 40분 즈음에 소집되어 5시를 훌쩍 넘겨서야 끝났다. 이건 아니다 싶어 이의를 제기했더니, 그다음부터는 회의 앞머리마다

"일찍 퇴근하는 사람이 있으니 회의를 빨리 끝내겠다"라는 사족이 붙었다. 그냥 회의를 30분만 앞당겨 시작하면 될 것을 왜 굳이 5시가 임박해 시작하면서 마치 나 때문에 회의를 졸속 진행하는 양 언급하는지 의구심이 들었다. 정시 퇴근하는 내 등 뒤로는 "아이쿠, 벌써 5시냐", "나도 퇴근하고 싶다"는 말이 꽂혔다. 비아냥대는 것이 99퍼센트 확실한 말들이 신경을 마구 긁었다. 아아, 혹독한 사회생활을 통해 모두가 "예"라고 할 때는 절대 "아니오"라고 대답하지 말라고 배웠거늘, 모두가 6시에 퇴근할 때 왜 혼자 5시에 퇴근하겠다고 나서서 마음고생을 자청했는지. 탄력 근무 신청서를 작성할 때의 당당함은 온데간데없이, 저도 모르게 몸을 움츠리고 초년병 시절처럼 시곗바늘 위치에 벌벌 떨며 눈치를 보는 내 모습이 서글펐다.

5시 퇴근을 둘러싼 눈치 싸움은 회식 날 절정으로 치달았다. 보통 회식이 개시되는 시점은 직원들이 업무를 정리하고 식사 장소로 이동하는 6시 반 무렵. 전자두뇌를 굴려보니 회식에 참여하려면 울며 겨자 먹기로 무급 노동을 90분이나 해야 했다. 이렇게 억울할 데가. 회식이 11시까지 이어진다고 가정하면 꼬박 여섯 시간을 야근하는 셈이었다. 짧은 시곗바늘이 5시에 가까워질수록 엉덩이가 들썩였다. 회식 개시 신호가 떨어지기만을 기다리면서 사무실에 죽치고 있을 수는 없었다.

분연히 자리를 박차고 일어나 팀장에게 갔다.

"퇴근했다가 시간 맞춰 회식에 합류하겠습니다."

팀장은 세상에 무슨 이런 괴상한 말이 다 있냐는 듯한 표정으로 나를 멀뚱히 바라보았다. 그러고는 어쩌다 가끔 있는 회식인데 다 같이 움직여야지 왜 개별 행동을 하느냐고, 조금만 참아 주면 안 되느냐고 물었다.

"아뇨."

딱히 덧붙일 말이 없어 단답형으로 거부 의사만 밝히고 사무실을 나섰다. 단골 옷가게까지 어슬렁어슬렁 걸어가 원피스한 벌을 충동구매하고, 노점에서 바로 튀겨주는 추러스를 사 먹었다. 그래도 시간이 남아 카페에서 커피를 마시며 비치된 잡지를 읽었다. 직원들이 하나둘씩 식사 장소로 모일 때에 맞춰 자연스레 무리에 합류했다. 내가 잠시 사라졌다 나타났다는 사실을 아무도 신경 쓰지 않았다. 어딜 혼자 슬그머니 빠져나갔다 왔느냐며 불쾌해하는 사람도 없었다. 물론 맞은편 대각선에 앉은 팀장의 따가운 시선 덕분에 왼뺨이 불타오르는 듯했지만, 신경 끄고 열심히 고기를 먹었다. 나는 당당했다. 울상을 하고 밤 11시까지 뚱하게 앉아 있느니 잠깐 모습을 감추었다가 생기를 충전해 돌아오는 편이 회식에 훨씬 충실히 임하는 자세라고 믿었기 때문이다. 공동체 의식이란 게 이인삼

각 달리기하듯 전 직원을 밧줄로 꽁꽁 연결해 일사불란하게 발맞춰 움직이게 만들어야 발휘되는 감정은 아니지 않은가.

시간이 흐르자 비아냥대는 목소리는 점차 잦아들었다. 대다수 직원이 아주 당연하다는 듯 탄력 근무제를 받아들였다. 탄력 근무를 신청하는 직원도 조금씩 늘었다. 생소한 제도에 대한 거부감이 사라지고, 나 아닌 누군가 차별적인 혜택을 입는다는 느낌이 사라지기까지는 적응 기간이 필요했던 것이다. 시간외근무를 경험하면서 나는 단순히 한 시간 일찍 시작되는 저녁 있는 삶보다 더 귀한 걸 얻었다. 회사 안에서든 밖에서든, 근무 외 시간은 전적으로 내 것이라는 자신감 말이다.

연봉은 쥐꼬리만큼도 올려주지 않으면서, 최저 시급인 6,420원 조차 야근 수당으로 지급하지 않으면서 법정 노동시간 한도인 68시간을 꽉꽉 채워 나를 부리려는 회사에 괘씸한 마음이 들어 소심한 복수를 시도하고는 했다. 야근 수당을 현물로라도 받아내려는 꼼수라고나 할까. 회사 물건이나 업무비 등을 최대한 내게 유리하게 이용하는 것이 골자였다. 요컨대 총무 부서에 코코아나 유자차 같은 다소 값비싼 마실 거리를 요구하거나 사무용품을 주문할 때 제일 비싸고 품질 좋은 제품을 엄

선하는 식이다. 일제 하이테크씨를 색깔별로 구비했고, 연필은 소설가 조정래 선생님이 사용하는 것과 동일한 모델인 독일제 스테들러를 고집했다. 그뿐이랴, 포스트잇은 몇백 원 더 얹어줘야 하는 하트 모양을 썼다. 회사 법인카드를 긁어 야근 도시락을 구입할 때는 제일 비싼(줄 알았던) 광양 바싹 불고기 세트를 선택했다. 회식 자리에서는 값비싼 소고기나 참치 회를 볼이 미어터져라 입안에 욱여넣었다. 가끔 카페에서 회의를 할 때면 한겨울에도 이를 딱딱 부딪쳐가면서 아포가토를 마셨다. 회사 업무 추진비를 야금야금 갉아먹는 도둑이 따로 없었지만, 회사가 내 시간을 야작야작 집어삼킨 것에 비하면 이 정도는 귀여운 좀도둑 수준이었다고 생각한다.

몇 주간 이어진 주말 근무에 머리 위로 뿔이 단단히 솟은 어느 토요일. 오늘은 어떻게 야근 수당을 챙길까 궁리하다가 프린터를 몰래 써야겠다고 마음먹었다. 당시 지인의 부탁으로 원고 검토를 맡았는데, 그 출력물을 몰래 뽑으려는 속셈이었다. 집에 프린터가 없어 문서를 출력할 일이 있으면 공공 도서관을 이용했다. 가격은 장당 50원. 전자두뇌를 가동했더니 회사에서 200페이지를 몰래 양면 인쇄하면 5,000원의 부당 이익을 취할 수 있다는 계산이 나왔다.

아무도 출근하지 않은 고요한 사무실에서 잽싸게 인쇄를 걸었다. 평소 양면 인쇄를 선택하면 복합기가 중간에 멈추는 경우가 가끔 있어 왠지 조마조마했는데, 아니나 다를까 불과 몇 분 만에 거사가 틀어졌음을 의미하는 삐익삐익 소리가 사무실 가득 울려 퍼졌다. 허겁지겁 복합기를 향해 달려갔다. 빨간 불을 깜박이며 인쇄용지를 뱉을 생각을 안 하는 복합기. 컴퓨터에는 이미 '출력 완료'라고 표시가 떠서 출력을 취소할 수도 없는 상황이었다. 당황한 채로 괴력을 발휘해 복합기 위아래를 뜯고 잉크 통까지 떼어냈다 다시 넣는 등 기계를 소생시키기 위해 갖은 난리를 쳤다. 겨우 기계 어디쯤 걸린 종이를 찾아 내 손으로 급히 뜯어내다 종이가 쭉 찢어져버렸다. 기계에 바짝 붙어버린 짧은 종잇조각을 손끝으로 잡고 살살 뜯어냈다. 손가락이 바들바들 떨렸다. 이 종잇조각을 빼내지 못하면 월요일 아침에 누군가 다른 출판사 로고가 버젓이 찍힌 출력물을 발견할지도 몰랐다. 그게 팀장일 수도 있고, 내가 세상에서 제일 싫어하는 선배일 수도 있다. 온 우주의 기운을 모아 간신히 종잇조각을 뽑아냈을 때는 겨드랑이가 축축이 젖은 뒤였다.

사무실 프린터 잉크를 훔쳐 쓰고 업무 추진비로 값비싼 음식을 시켜 먹는 정도는 잡범이 저지를 법한 경범죄였다. 연차가 쌓이면서 머리가 굵어진 나는 한층 큰 그림을 그리게 되었다. 회사 비품을 남용하는 방식으로 회사가 내게서 훔쳐간 시간을 되찾으려면 정년까지 일해도 모자랄 판이었기 때문이다. 회사 자원을 더욱 적극적으로 활용해 잃어버린 시간을 최대한 빨리 되찾을 방법을 찾아야 했다.

우선 회사 복지 프로그램을 꼼꼼하게 살폈다. 찾아보니 업무에 필요한 외부 교육을 수강할 수 있는 교육비 항목이 떡하니 있었다. 연간 100만 원까지 쓸 수 있는 데다 심지어 60시간 이상 이수하면 승진 심사 때 가산점이 주어졌다. 이런 꿀팁을 왜 몰랐을까! 당장 쓸 만한 외부 강의를 찾아내 잽싸게 신청했다. 도서 편집 툴을 다루는 수업과 표지 디자인 수업을 제일 먼저 들었다. 혹시나 프리랜서로 독립하게 되면 쓸모가 있으리라는 계산에서였다. 또 그 전까지는 서류를 제출하는 게 귀찮아서 이용하지 않았던 '참고 도서 구입' 신청서를 열심히 작성해 양서를 사들였다. 덕분에 비싸서 구매를 망설였던 묵직한 과학 서적과 인문 서적을 폭넓게 읽을 수 있었다. 사용 마감 시한에 임박해 하찮은 물건을 구매하는 데 써버리곤 했던 연간 문화생활비는 고심 끝에 펜 드로잉 수업비로 투자했다. 수업에서 갈고닦은 드로잉 솜씨로 《고독한 외식가》라는 그림 에세이를 자비 출판해 500부나 팔았으니 제법 남는 장사였다.

회사 주머니를 털어 자기 계발에 투자할 만큼 대담해진 나는 회사의 전폭적인 지원을 등에 업고 차근차근 미래를 설계했다. 장기적으로 보면 회사를 탈출해 인생 2막을 열기 위한 준비 과정이었지만, 단기적으로는 내가 몸담은 회사에 긍정적인 영향을 미쳤다. 비용 부담 없이 다양한 것들을 배우고 관심 분야를 넓히면서 업무 역량도 덩달아 상승했기 때문이다. 회사 복지 제도를 적극 활용함으로써 나와 회사 모두 '윈윈'했다고 주장하면 지나치게 뻔뻔한 걸까. 한 가지 확실한 사실은, 복지비를 열심히 신청하는 일이 몰래 프린터를 사용할 때보다 훨씬 죄책감이 덜했다는 점이다.

힙합 신의 슈퍼스타 에미넴에게는 '슬림 셰이디'라는 이름의
또 다른 자아가 있다. 에미넴이 대중적인 래퍼로서의 자아라
면, 슬림 셰이디는 에미넴 내면에 존재하는 악을 거침없이 드
러내는 자아다. 한편 회사와 근로계약을 맺고 일하는 직장인
이 모 씨 시절의 내게도 '구달'이라 이름 붙인 또 다른 자아가
있었다. 내면에 쌓인 울분을 표출하는 수단은 아니고, 독립출
판 신에서 활동하는 인디 작가로서의 자아다.

　작가라니, 얼마나 낯부끄러운 호칭인지. 하지만 달리 바

꿔 부를 호칭이 없으니 그대로 두겠다. 독립출판이란 창작과 제작, 인쇄, 유통, 판매에 이르기까지 책을 만드는 모든 과정을 제작자가 직접 도맡는 출판 형태를 말한다. 주류 출판계의 진행 방식을 따르지 않기 때문에 형식이나 내용 면에서 훨씬 자유롭게 자신의 개성을 담을 수 있다. 출판사의 간택을 받지 않고도 소량의 비용을 투자해 내 글을 책으로 엮을 수 있다는 점에서 나처럼 이름 없는 작가에게 안성맞춤인 출판 방식이기도 하다.

독립출판을 시작한 이유는 직업 생활을 유지하기 위한 목적이 필요했기 때문이다. 일은 인생의 목적이 아니라 수단에 불과하다는 내면의 외침에 힘을 실어줄 진짜 목적. 스트레스를 꾹 참고 사람에 치이면서도 꿋꿋이 출퇴근하며 돈을 버는 까닭은 물론 첫째로 입에 풀칠하기 위해서였다. 먹을거리와 생필품을 구매하고 각종 공과금을 납부하며 미래를 대비해 약간의 저축을 하기 위한 행위. 그런데 불행히도 내 안의 욕구는 그리 단순하지 않아서, 오로지 먹고살기 위해 더럽고 치사한 상황들을 참고 일한다는 생각은 종종 마음을 아프게 찔렀다. 직업인으로서 생리적 욕구와 안정 욕구는 그럭저럭 해결했지만 자아실현 욕구는 회사 내에서 좀처럼 얻을 수 없었다. 그 둘은 회사 밖에서 찾아야 했다. 일하고 남은 시간에 열심히 번 돈을 활용해 성취할 수 있는 무언가가 분명 있을 터였다.

본격적으로 '딴짓' 진로 탐색에 돌입했다. 진로 탐색이라고는 대학교 4학년 때 학내 진로상담소에서 상투적인 질문에 상투적으로 답해본 게 전부였다. 당시에는 진로가 '30대 대기업 입성'으로 정해져 있었으니, 사실상 진로를 탐색할 필요도 없었다. 하지만 딴짓을 고르면서는 직업을 정할 때보다 훨씬 치열하게 내 취향과 정체성을 고민했다. 드로잉, 위빙, 바느질, 심지어 속기까지 이러저러한 활동을 맛보며 조금씩 알아본 끝에 선택한 분야가 바로 독립출판이다. 돈 되는 회사 책을 만들어 번 돈으로 돈 안 되는 내 책을 만들자는 발상이 어느 날 머릿속을 탁 스쳤던 것이다.

맨 처음 만든 독립출판물은 러시아 블라디보스토크 여행 사진을 묶은 32쪽짜리 사진집. 한창 회사 일로 바쁘던 2014년 늦가을에 독립출판 서점 스토리지북앤필름에서 진행하는 '4주 동안 사진집 만들기' 워크숍에 참가해 완성했다. 격무에 시달리면서 사진집 제작을 병행하는 일이 쉽지는 않았지만 활력은 그 어느 때보다 넘쳤다. 퇴근 후에 할 일이 있다는 사실이 업무에 더 몰두하게 만들었다. 최대한 빨리 일을 끝내고 최대한 일찍 퇴근해 사진집을 완성할 생각에 비트에 몸을 실은 래퍼처럼 손발을 착착 움직였다.

4주 만에 진짜로 사진집이 완성되었다. 잠을 덜 자고 여가를 꼬박 투자한 덕분이었다. 사진집 50부를 인쇄하는 데 소요되는 제작비는 16만 원 남짓. 신상 겨울 코트 한 벌을 장바구니에서 삭제하는 조치로 간단히 비용을 마련했다. LG의 전설적인 '예쁜 쓰레기' 옵×머스 뷰로 찍은 블라디보스토크 패키지 여행의 순간을 담은 첫 책이 그렇게 탄생했다. 큰 비용이나 노력을 들이지 않고 당시 형편으로 감당할 수 있는 선에서 소박하게 만들었지만 그 어떤 화려하고 멋들어진 사진집보다 마음에 들었다. 회사 사정이나 상사의 취향을 고려하지 않고 오롯이 내 취향을 담뿍 담은 첫 책이었으니 말이다.

밥벌이와 독립출판물 제작을 병행한 지 어언 2년이 넘었다. 그사이 '구달'이라는 필명을 내걸고 네 권의 책을 펴냈다. 판매량은 엄청나게 소소했다. 부끄러움을 무릅쓰고 공개하자면 꼬박 2년 동안 책을 팔아 거둔 순수익이 100만 원에 미치지 못한다. 아마 2년 동안 몰래 부업을 했으면 그보다 열 배는 더 벌지 않았을까. 그러나 구달의 활약이 직장인 이 모 씨의 정신건강에 미친 긍정적인 영향은 값으로 헤아릴 수 없다. 회사가 인생 전부를 잡아먹지 않도록 관심사의 일부를 분리해 다른 분야로 돌린 덕분에, 내 취향과 감수성을 회사에 몽땅 잡아먹히지 않을 수 있었다고 생각한다.

# 내 꿈은 꿀단지개미

권태를 이기지 못해 회사를 네 번 바꾸고 직종까지 변경해봤지만 어딜 가든 새로운 사람들과 업무에 이내 익숙해져버렸다. 적응의 동물이라는 인간으로 태어난 게 죄지. 이번에는 정말 다르게 살아보려고 이직을 선택한 건데 배경만 바뀌었을 뿐 결국 비슷해지는 일상의 매 순간에 기시감이 들 지경이었다. 이렇게 수십 년을 일해야 정년퇴직을 맞이한다고 생각하면…… 오지도 않은 미래에 벌써부터 진절머리가 났다. 또 반대로 한창 벌어야 할 시기에 갑자기 잘리기라도 하면…… 경력 관리와 자기 계발은 나 몰라라 나태하게 살았던 뒷감당을 어찌할까 아득했다. 그리하여, 권태와 불안감을 해소하고자 다종다양한 취미 활동에 뛰어들어 월급을 탕진하기 시작했다.

제일 먼저 시도한 건 개미굴에 처박혀 있느라 메말라버린 감수성을 고양할 기타 연주. 만물은 쇼핑으로부터 비롯되므로 우선 낙원상가에 가서 15만 원 주고 노란색 통기타 한 대를 샀다. 퇴근 시간에 맞춰 동네 학원에 등록해 C 코드부터 차근차근 배웠다. 머지않아 근사한 기타 반주에 산울림 노래를 흥얼거릴 내 모습을 꿈꾸며. 그런데 하필 그 학원의 교육 철학이 '기초 탄탄'이었다. 됐고 동요라도 좋으니 한 곡 전체를 연주하고픈 내 마음은 몰라주고 매일같이 코드와 리듬 연습만 주야장천 시키는데, 세상에 그보다 권태로울 수 없었다. 게다가 낙원상가에서 구매한 기타는 알고 보니 불량품이네? 어수룩하게 굴다 사기를 당한 거다. 억울하고 서러워서 기타가 싫어졌다.

독학으로 익힐 수 있는 다른 취미 활동을 찾다가, 드로잉의 아버지 김충원 선생님의 책을 구입해 그림을 그리기 시작했다. 처음에는 흰 천과 바람, 아니 연필하고 종이만 있으면 무엇이든 자유롭게 그릴 수 있을 줄 알았건만 알고 보니 드로잉을 잘하려면 혹독한 선 긋기 연습이 필수란다. 조만간 곰돌이와 강아지, 밤나무, 카페 풍경 같은 걸 쓱싹 그려내리라는 희망을 품고 매일 흰 종이가 까매져라 선을 그었다. C 코드만큼이나 지루했다. 연필을 내던졌다.

이번엔 창작에 몰두하기로 마음먹었다. 글을 써서 큰돈을 벌고 싶다는 욕심이 생긴 차였다. 필력으로 최고의 부와 명예를 얻을 수 있는 장르가 뭘까 고민하다, 드라마 작가가 되기로 결심했다. 성공하면 회당 수천만 원대 고료에 연말 시상식에서 상도 받을 수 있으니! 장밋빛 꿈에 부풀어 수강료 120만 원을 일시불로 긁고 MBC 아카데미 드라마 작가 기초반에 등록했다. 매주 토요일마다 10분짜리 대본을 한 편씩 써내야 했다. 퇴근 후 자투리 시간을 모아 서툰 글솜씨로 대본을 완성하려니 그 자체로 죽을 맛인 데다, 당근보다는 채찍을 선호하는 스승을 만난 덕분에 토요일마다 가루가 되도록 까였다. 채찍에 취약한 나약한 심성의 소유자인지라 금요일 밤이면 악몽이 절로 소환될 지경이었다. 나는 재능이 없는 게 확실했다.

책상에서 연필을 치우니 다시 연주가 하고 싶어졌다. 기타보다 쉽게 배울 수 있는 악기를 찾아 헤매다 이름부터 깜찍한 우쿨렐레를 골랐다. 최신곡을 쉽게 익힐 수 있다는 학원을 골라 재미나게 배웠다. 기초 과정을 마스터하고 중급반에 등록한다는 게 회사 일이 바빠 차일피일 미루다 어느덧 1년이 흘러버린 것만 빼면 모든 게 완벽했다. 급히 먹은 밥이 체한다고,

속성으로 익힌 코드를 죄다 까먹어버렸는데 어쩌지. 우쿨렐레에 곰팡이가 피고 버섯이 자랐을까 봐 두렵다.

　처음에는 취미로 시작한 활동이 평생 직업이 되는 사례도 종종 있고, 직장을 그만두고 과감하게 인생 경로를 바꿔 성공을 거두는 사람도 꽤 있다는 걸 잘 안다. 하지만 나란 인간은 싫증과 단념의 천재다. 지루하면 흥미로운 일을 찾고 권태롭다 싶으면 직장을 옮겨버린다. 불안한 미래는 현재의 쾌락으로 잇는다. 지구상의 모든 동식물이 일상을 복제하면서 생존을 이어가는데 인간이라고 뭐 다를 게 있으랴. 매일 똑같이 굴러가는 하루가 지겹고 하찮게 여겨질 때면 생뚱맞지만 진화의 기적을 떠올리곤 한다. 이 지겹도록 반복적인 일상이 수억 년 동안 지속되면 아주 작은 변화가 쌓이고 쌓여 꼬리를 매달고 네 발로 걷던 우리에게 정장을 입혀 출퇴근을 시킬 수 있다는 사실 말이다. 진화의 핵심인 유전자 변이는 그저 우연히, 아무런 방향도 목적도 없이 이루어진다. 사소한 취미 활동을 시작했다가 때려치우고 기회만 닿으면 직장을 갈아 치우는, 생각 없이 꾀하는 이 무작위적이고 무책임한 돌발 행위들도 언젠가 내 안에서 또 다른 진화를 이끌어낼지 알 수 없는 일이다.
　자연의 위대한 산물 중에서 닮고 싶은, 어쩌면 이미 닮아버린 개체가 있다. 바로 개미. 그중 꿀단지개미는 배에 먹이를 가득 채워뒀다가 먹을 것이 떨어졌을 때 젊은 일개미에게 제공하는 일종의 식량 창고 역할을 한다. 그래서인지 곤충학자들은 이들을 '충만한 것'이라고 부른다. 나는 앞으로도 개미를 벤치마킹해서 일개미와 꿀단지개미로 번갈아 변신해가며 살아볼 작정이다. 주중에는 열심히 일해서 월급을 차곡차곡 쌓는다. 남는 시간에는 경험과 추억이라는 꿀을 꿀단지 한가득 모아둔다. 그리고 돈벌이에 지쳐 나가떨어질 때쯤 저장해둔 꿀을 꺼내어 맛있게 핥아 먹고 다시 힘을 내리라.

## 너에게
## 파를 보낸다

옛날 옛적에 아주 심술궂은 노파가 살았는데 평생 나쁜 짓을
밥 먹듯 하더니 결국 죽고 나서 지옥에 떨어졌다. 하지만 심
술궂은 노파에게도 수호천사가 있었으니, 천사는 노파를 어떻
게든 돕고 싶었다. 천사는 기억을 열심히 더듬은 끝에 노파가
살아생전 말라비틀어진 파 한 뿌리를 거지에게 던지듯 적선한
일을 기억해내 신께 고한다. 신은 그 선행을 참작해 노파에게
파 한 뿌리를 내밀어 지옥에서 탈출할 기회를 준다. 노파가 파
뿌리에 대롱대롱 매달려 지옥에서 벗어나려는 찰나, 함께 지

옥에 갇힌 몇 명이 자기도 살려달라며 노파의 다리를 붙잡는다. 애석하게도 그 순간까지 못된 천성을 버리지 못한 노파는 "이 파는 내 거야!"라고 소리치며 달라붙은 이들을 떼어내려 마구 몸부림쳤고, 그 바람에 파뿌리가 툭 끊어져 영영 지옥으로 떨어지고 만다.

도스토예프스키의 소설《까라마조프 씨네 형제들》에 등장하는 일화다. 아마도 종교적 의미로 전해지는 일화가 아닐까 싶은데, 곱씹을수록 마음에 와닿는 교훈이 넘친다. 시들시들 말라비틀어진 파 한 뿌리 같은 한마디 말, 작은 몸짓, 사소한 선행이 사람을 살릴 수 있다는 사실이 감명 깊다. 게다가 제아무리 심술궂은 노파라 해도 그를 가엾어하고 돕고자 하는 이가 한 명쯤 있다는 교훈에 이르면 코끝이 찡해진다.

내가 참깨도 아닌데 매일같이 나를 들들 볶았던 오 부장, 그놈에게 파 한 뿌리쯤 적선할 걸 그랬다.

## 일개미 must go on

《일개미 자서전》은 2015년 10월에 독립출판물로 처음 출간했던 책이다. 그때 나는 세 번째 직장에서 갤리선의 노예처럼 일하며 조직 생활에 깊은 회의감을 느끼고 있었다. 울화가 치미는 부당한 일들과 웃음 끝에 눈물이 맺히는 애매한 감정들이 몸 여기저기에, 정확하게는 목과 가슴에 잔뜩 쌓인 상태였다. 가슴에 쌓인 것들을 잠긴 목으로는 내뱉을 수 없어 조금씩 글로 옮겼다. 퇴근하고 파김치가 된 몸으로 썼고, 깜박 잠들었다 벌떡 일어난 새벽에 벌건 눈으로 썼고, 주말마다 카페에 틀어

박혀 커피를 두세 잔씩 마셔가며 썼다. 업무 시간에 메모장을 켜고 대담하게 써 내려간 적도 있다. 신기하게도 펜 끝으로 흘러나온 이야기들은 꽤 유쾌했다. 직접 겪을 당시에는 머리를 쥐어뜯으며 욕하고 가슴을 치며 꺽꺽 울기도 했는데 말이다. 일개미로서 내가 겪은 어떤 일화든 그 안에 하나쯤은 웃음 포인트가 있었다. 물론 이미 과거지사가 되었다는 사실 하나만이 안도의 웃음을 주는 일화도 있지만.

2015년에 이 책을 만들던 기억을 떠올리면서도 소소한 웃음 포인트를 하나 찾아냈다. 사기업 일개미로 복무한 7년여를 통틀어, 이 책을 만들 때 가장 근면하게 일했다는 점이다. 원고를 쓰자면 시간이 필요했고, 쓰는 시간을 벌려면 야근과 주말 근무를 줄여야 했는데, 그러려면 업무 시간을 최대한 활용해야 했다. 짱구를 열심히 굴려 업무 효율성을 높이는 한편 몸을 빠릿빠릿하게 움직여 일처리 속도를 높였다. 야근하지 않으려고 아침잠을 줄여 한 시간 일찍 출근했다. 나른한 오후에 슬리퍼를 신은 채로 슬쩍 나가 커피를 사 오고 싶어도 꾹 참았다. 평소 같았으면 발등에 불이 떨어지기 직전까지 미루고 또 미뤘을 손대기 싫은 업무에도 두 팔 걷어붙이고 달려들었다. 그렇게 넉 달 정도를 엉덩이에 땀띠 나도록 일했다. 회사 생활을 조롱하는 글을 쓰려고 회사에 몸 바쳐 일한 셈이다. 일개미의 삶은 참으로 아이러니하다. 그래서 글로 옮겨 적으면 웃음이 나는지도 모르겠다.

엉덩이를 혹사시켜 힘들게 독립출판물을 내고 나니 우선순위를 바꾸고 싶어졌다. 8 대 2의 비율로 일하고 쓰는 대신 2 대 8의 비율로 일하고 쓰면 안 될까?

"안 되긴!"

장렬히 외치며 작년에 회사를 때려치웠다. 지금은 3 대 2의 비율로 일하고 쓴다. 나머지 5의 시간에는 아무것도 하지 않는다. 장렬한 외침이 무색하게도 쓰는 시간 2는 그대로다. 하지만 그 2의 밀도는 조금쯤 촘촘해졌으리라고 믿는다. 아무것도 하지 않는 5의 시간 덕분일 것이다. 일을 줄여서 얻은 건 글쓰기라는 새로운 일이 아니라 차분히 생각을 집중할 수 있는 여유였다. 그런 여유가 없었다면 아마 《일개미 자서전》을 다시 쓸 엄두도 내지 못했을 것 같다.

물론 일하는 3의 시간도 만만치는 않다. 조금 일하고 조금 번다뿐이지, 나는 여전히 먹고살기 위해 땀 흘려 일하는 일개미다. 프리랜서의 삶도 꽤나 고되다. 알음알음 외주 교정 일을 받아서 하고 있는데 언제나 가장 까다로운 원고가 가장 촉박한 일정으로 넘어온다. 일이 많지는 않지만 일단 의뢰를 받으면 주말을 반납하고 밤낮 없이 매달려 겨우 마감을 맞추는 경우가 태반이다. 그래도 회사에서 야근할 때만큼 괴롭지는 않다. 적어도 과로의 양을 나 스스로 조절할 수 있으니까.

2017년 버전으로 이 책을 새롭게 만들면서 에피소드를 절반 이상 추가했다. 특별할 것 없는 소소한 일화가 사골 우리듯 끝없이 우려진다는 사실이 신기하고 즐거웠다. 집-회사, 출근-퇴근을 반복하며 별일 없이 사는 것 같아 보여도 우리네 일개미들이 얼마나 많은 에피소드를 만들며 복잡하고 다채롭게 살고 있는지 새삼 실감했다. 일개미의 하루는 회사 소유가 아니라, 역시 일개미 자신의 것인가 보다.


토네이도출판사 곽지희 편집자님의 권유로 이 책을 새롭게 엮게 되었다. 좋은 기회를 주신 편집자님께 감사드린다. 내가 겪은 일을 내 글보다 훨씬 생생하게 그림으로 옮겨준 임진아 작가님께도 감사 인사를 드리고 싶다. 추천사를 써준 동료 일개미에게도 감사를 전한다. 무엇보다 내 기억 속에서 느닷없이 소환되어 이 책에 등장해 크고 작은 배역을 맡아준 일개미들에게 감사하고 죄송하다. 내가 관등 성명과 생김새를 잘 기억하고 있는 분들이지만, 가급적이면 특정한 개인이 아니라 어느 조직에나 있을 법한 보편적인 유형으로서 그들을 그리려고 노력했다. 누군가를 희화화하려는 의도는 조금도 없었다.

내가 조롱하고 싶은 건 일개미가 아니라 일개미를 지배하고 있다고 믿는 시스템이니까. 아, 그 잘난 시스템을 만든 높으신 분들을 조롱하고 싶기는 하다.

2017년 9월

구달

## 조롱의 고급 기술을 연마한
## 개미에게 바치는 글

먼저 고백해두자면 나는 '개미굴 프렌즈' 에피소드에 등장하는 정다운 일개미 친구다. 개미굴 탈출, 즉 사표 제출 후 그간 익힌 알량한 재주로 밥벌이를 해나갈 궁리를 하던 차에 집으로 택배가 하나 왔다. 구달이 우체국 익일 특급으로 이 책의 가제본을 보낸 것이다. 나는 경건한 마음으로 조심스레 봉투를 개봉했다. 들어 있던 것은 고운 노란색 책자 한 권. '100퍼센트 가내 수공업 가제본으로 표지는 고급 색지를 사용했으며 귀퉁이는 투명테이프로 마감했어요'라는 친필 쪽지가 함께 들어 있었다. 아, 나는 벌써부터 웃음을 터뜨리고 말았다. 이어 서둘러 넘긴 책장 곳곳에는 꽃다운 스물다섯 살 처자가 서른 두 살이 될 때까지 회사라는 야생 정글을 어떻게 헤쳐나갔는 지에 대한, 한숨과 탄식 없이는 읽을 수 없는 에피소드가 선연 히 아로새겨져 있었다.

나 또한 구달처럼 이 사회의 수많은 을 가운데 하나였다. 구달의 분홍 노트북과 마찬가지로 취준생 시절의 내 하얀 노 트북에도 자신을 짐짓 겸손한 척 과대 포장한 자소서가 수십 개쯤 들어 있었다. 중국집 전단지 뿌리듯 직종을 가리지 않고 뿌려댄 이력서 가운데 서류 심사를 통과한 것은 여남은 개. 그 나마도 필기와 면접을 거치자 남은 것은 달랑 하나. 뭣도 모 르고 취직한 첫 직장은 물류 회사였다. 구달이 하청업체 단가 를 후려친 것처럼 나도 거래처의 중년 아저씨들을 상대로 항 공물류 단가를 후려쳤다. 항공사에서는 기름값도 안 나온다 고 한숨을 쉬고, 그러거나 말거나 팀장은 더 깎으라고 야단 이고, 나는 10원만 깎아달라 읍소하고, 그 와중에 중국에서는 지진이 나고, 북유럽에서는 화산이 폭발하고, 비행기는 못 뜨 고, 물건이 못 가면 자연재해도 내 탓이 되고, 화장실에 앉아 서 꺽꺽 울고, 사표 쓰고, 최소한 자아의 방향성과는 일치하 는 일을 하겠답시고 출판사에 들어가고, 때려치우고, 다른 출판사에 들어가고⋯⋯. 이쯤 되면 구달의 인생이 내 인생인지 내 인생이 구달의 인생인지 일개미의 인생은 모두 다 비슷한 건지 마루야마 겐지 말대로 인생 따위 엿이나 먹어야 하는 건지 모를 지경이다.

그러니 아마도 《일개미 자서전》은 구달의 지극히 개인적인 사회 경험담이자, 회사 화장실에서 울어봤거나 비상구 계단에서 치미는 화를 삭이며 심호흡해본 적 있는 모든 이의 보편적인 경험담이기도 할 것이다. 십중팔구 일개미일 당신도 이와 유사한 경험을 한두 개 정도는 보유하고 있을 터. 그러니 부디 이 책을 읽을 때 느껴지는 동질감을 부끄럽게 여기지 마시라. 갑을 관계에 관련된 어떤 몸서리나는 기억이든, 그것은 아마도 당신만 겪은 경험이 아닐 테니까.

나는 일개미들이 저마다의 집에서 피곤함에 지친 몸을 모로 누이는 광경을 상상한다. 우주의 먼지, 회사의 나사에 지나지 않는 일개미의 삶. 내 팔자가 왜 이러나 싶다가도, 옆집 일개미도 지금쯤 모로 누워 팔다리를 주무르겠지라는 생각을 하면 안쓰러운 마음이 온 우주로 확대되는 일개미의 삶. 일개미에게 견뎌보라거나 참아보라는 조언은 필요 없다. 견디기와 참기는 수많은 일개미가 지금 이 순간에도 더없이 열심히 하고 있는 행위일 테니까. 대신 우리도 구달처럼 소신껏 회사를 조롱하는 기술을 연마해보면 어떨까? 그리하여 그 궁극의 조롱 기술을 서로의 더듬이로 전송해주는 거다. 그건 아마도 일개미로서 할 수 있는 제법 고차원적인 반항이자 서로의 삶을 잠시나마 즐겁게 만들어줄 수 있는 작은 선물이 될 것이다.

구달은 이 책이 오후 3시에 사무실에서 타 먹는 커피믹스 한 잔만큼의 위안거리가 되기를 바란다고 했다. 나는 이 책이 구달이 일개미 동료들에게 보내는 유쾌한 응원이 되기를 바란다. 구달과 당신과 나, 우리 모두의 꿈지럭거림을 응원하며.

구달의 벗, 우연씨

# 일개미 자서전

1판 1쇄 발행  2017년 10월 20일
1판 2쇄 발행  2018년  4월  9일

글  구달
그림  임진아
발행인  오영진 김진갑
발행처  토네이도미디어그룹(주)

기획편집  임나리 심설아 김율리 함초롬
디자인총괄  안윤민
마케팅  박시현 신하은 박준서
경영지원  이혜선

출판등록  2006년 1월 11일 제313-2006-15호
주소  서울시 마포구 월드컵북로5가길 12 서교빌딩 2층
전화  02-332-3310 팩스  02-332-7741
블로그  blog.naver.com/midnightbookstore
페이스북  www.facebook.com/tornadobook

ISBN 979-11-5851-078-7  03810

이 도서의 국립중앙도서관 출판예정도서목록(CIP)은 서지정보유통지원시스템 홈페이지(http://seoji.nl.go.
kr)와 국가자료공동목록시스템(http://www.nl.go.kr/kolisnet)에서 이용하실 수 있습니다.
(CIP제어번호: CIP2017024619)